当代中国小说林

区街轶事

杨蕴盛 著

中国文联出版社

图书在版编目（CIP）数据

区街轶事 / 杨蕴盛著 . -- 北京：中国文联出版社，
2017.3（2023.3 重印）
ISBN 978 - 7 - 5190 - 2575 - 5

Ⅰ . ①区… Ⅱ . ①杨… Ⅲ . ①长篇小说—中国—当代
Ⅳ . ①I247.5

中国版本图书馆 CIP 数据核字（2017）第 057485 号

著　　者　杨蕴盛
责任编辑　胡　笋
责任校对　李海慧
装帧设计　中联华文

出版发行　中国文联出版社有限公司
地　　址　北京市朝阳区农展馆南里 10 号　　邮编　100125
电　　话　010 - 85923025（发行部）　　　85923091（总编室）
经　　销　全国新华书店等
印　　刷　三河市华东印刷有限公司

开　　本　880 毫米×1230 毫米　　1/32
印　　张　5.875
字　　数　131 千字
版　　次　2023 年 3 月第 1 版第 2 次印刷
定　　价　48.00 元

自序·街道巾帼承苍穹

随着现代化城市建设的演进发展，城市辖区中街道办事处的作用越来越彰显突出。作为构建城市主体大厦的基石，街道机关和广大干部是最直接服务于市民百姓生活的工作群体，他们肩负着执政党的最高宗旨和光荣使命，以切身言行向人民大众诠释着党和政府的治国方略及各类政策。可以说，城区街道干部队伍群体是城市中连接党和群众的桥梁和纽带，在居民百姓心目中，他们代表着党和政府的形象。官职不高但责任重大；身处国家政权机关公务员官场职级体系的最底层，但其所承载的工作任务却是难以描绘的艰巨繁杂。

这支干部队伍被老百姓称为"街道干部"。

中国有民谚"得民心者得天下"古有惨痛教训"激变始发于民间"街道干部忙碌于居民百姓之中，奔波在街头巷尾胡同坊间，通过自己的辛勤工作，将党的阳光和温暖输导传送给社会最底层的千家万户黎民大众。这支队伍恪尽职守，埋头苦干，用汗水有时甚至是鲜血、伤痛和生命来维护着共和国最底层的安定。他们功不可没却又名不见经传。

也许缘于笔者的孤陋寡闻，纵观新中国成立后半个多世纪的艺苑文坛，正面讴歌或描写塑造都市基层街道干部形象和事迹的作品，近乎是寥若晨星，少之又少。在难得一见的反映城市社区生活的极少作品中，街道干部也多是处于从属地位的配角人物。这就出现了一种均衡意义上的社会不公平现象，与近年来充斥着银幕荧屏的众多农村题材的影视剧相比，反映城市街道社区人们工作与生活的作品几乎空白！要知道，构成中国社会整体框架核心的不过就是两大板块——城市和农村。随着历史前进，社会向多元化、现代化发展，城市街道社区的地位和作用必将越来越重要，越来越不可替代！而我国有中国特色社会主义事业建设中一项阶段性目标恰恰就是规划全国农村一向城镇化发展！如此看，我们的文坛艺苑在表现城市街道社区现代化建设，展现城市现代人生活方面已然呈现出明显缺失与不足。改变这种现状，浓墨重彩渲染和弘扬当前和今后一个时期国家发展建设的中心任务和主旋律一城市街道，已成为我们的当务之急，不仅仅是为弥补或平衡某种社会不公，而是当今中国社会发展转型期"文学艺术为人民大众服务"宗旨目标的迫切需求。

"文运同国运相牵，文脉同国脉相连"。这是习近平总书记在最近召开的中国文联十大、中国作协九大开幕式上所作重要讲话中提出的。引用古言，指导当代，切合实际，意义深远。落实总书记讲话精神的关键应该是结合国情，把握国脉，顺应国运，充分激发弘扬文学艺术复兴的文运文脉，创作反映当代社会主义中国建设发展主战场（如城市街道）主旋律正能量的文艺精品；全方位，多题材，有深度地表现各行各业各条战线上人们的工作与生活，让我们共和国文坛艺苑的广阔舞台，繁星满天，光辉灿烂！

城市街道办事处位于直接为百姓民生服务的最前沿，工作内容小到对孤寡老人，家访慰问，嘘寒问暖；大到防汛抗震，应对突发事件。日常还有综合治安、市政城管、环境卫生、社区管理、民政计生、司法行政，信访维稳等等，再加上街道党委（有些城市亦称"党的街道工作委员会"，简称"街工委"及下属的党群办、纪检、政法、群团、妇联、宣传、工会和关心下一代等等—真可谓：事无巨细，包罗万象，麻雀虽小，五脏俱全，俨然一个浓缩的中国"小社会"。

切莫小觑这"小社会"，如果说，当今中国的管理体系如同巨大的宇宙苍穹，那么，苍穹之下则是满天星斗般数以万计的大中小城市，而大中小城市之下则是浩如烟海数以几十万计的街道办事处，而遍布全国数以百万计的"街道干部"才是承载着共和国苍穹的坚实柱脚和巩固基石。没有这支队伍，何来百姓安康，社会稳定，国家富强，江山永固！

街道干部队伍结构有一个显著特点，即女多男少，典型的阴盛阳衰。这与历史演变（从新中国成立初起，城市家庭男性主外，上班挣工资养家；女人主内居家为主妇，有些家庭妇女先参与居民委组工作，后逐步成为街道干部）原因和街道工作"婆婆妈妈，家长里短"的特殊属性相关。现在的城市街道办事处早已成为国家政权的基层办事机关，街道干部队伍中有上级组织任命的领导干部，更多的是科级或科以下国家正式干部，他们中一部分是历史原因长期演变留用转干人员，还有少量人员是外单位（如军转干部）调转人员。近年来，一批经"国考"录入街道机关国家公务员岗位的大学毕业生，为街道干部队伍注入了新鲜血液和青春活力。但是，街道干部队伍女多男少的局面并没有随之改变，这其中原因与全社会普遍存在的轻视（有些人甚至是歧视）街道工作相关，诸如军官转业分配和大学男生报考公务员选择岗位时，多数人回避街道办事处岗位，即便是最近几年为加强街道基层建设而出现的社区干部招聘，也极少有男性公民报名参与。在相当一部分国人眼里，街道工作地位低下平凡，面临的工作任务却是繁重琐碎，劳心费力也很难干成出人头地的非凡业绩。这也是街道干部队伍长期阴盛阳衰的重要成因。

中年女性是当前全国街道干部队伍中的中坚和骨干。她们多数为街道办事处中层（科级）干部或一般科员及办事员，每个人都独立承担着一份责任区内的任务，繁杂又琐碎，责重而辛劳。在中国职场，体力劳动与脑力劳动是有严格区别的。特别是在国家机关事业单位中，也就是当今统称的所谓"体制内"，但凡有"国家干部"身份，即为脑力工作者，一般就应该与体力劳作终生绝缘（当然，义务劳动等除外），这似乎已成为尽人皆知的规则。然而，同为国家机关的街道办事处，同为国家干部的街道干部却与该规则无缘。她们戏称自己是体力脑力最佳组合的国家干部。因为街道工作紧贴"地气儿"，诸如一年四季的环境卫生迎检；每月必有的胡同庭院垃圾扫除；春、夏、秋季的绿化管护；北方寒冬的清运冰雪……以女性为主力的街道干部必须带头苦干，亲历亲为，身先士卒，因为她们身后站着的就是社区群众居民百姓，你不示范，谁来干？所以说同为国家干部的街道干部工作中绝无脑体之分，同时也没有工作时限上的早晚黑白之分。诸如一年中数不清的各类突击检查，各种网格化环比评分，夏雨排涝，冬雪清运和民事纠纷，突发火险，刑案，闹访等，这些工作经常要起早贪黑，有时甚至是通宵达旦。

作为干部，她们必须在诸多繁杂艰苦的街道工作任务中比别人先干一步。因为她们在城区居民百姓中代表着党和政府，直接面对社会底层芸芸众生，贯彻为民宗旨，必须身体力行，没有任何回避躲闪的余地，如同象棋盘上的过河小卒，没有退路，只有矢志前行！

作为女人，又值中年，她们又是各自家庭中的支柱。上有老下有小，是她们每个人面对的家境；父母公婆，丈夫儿女，所有的衣食料理家务辛劳和许多始料不及的祸患与逆境，全都重压在她们肩头……从青年到中年直至老年，街道女干部的工作付出和对家庭对社会的奉献远远超出正常男人的能量，更有一些高颜值高素养的街道女干部，她们品貌端庄，心地善良。因为美貌，在她们事业打拼的过程中常会遭到品行不端的上司的追逐骚扰，同性同事的嫉妒和绯闻污水般的中伤；因为善良，她们经常失败于自己内心的柔软；她们极少成功，即使成功也会被骂名追踪；她们不畏惧任何超越自己体能的繁重和艰苦，却惊怵和抵御不了来自社会阴暗角落的心灵伤痛……

街道巾帼承苍穹。我为她们鼓与呼。

于是写了这部长篇小说《区街轶事》，希望自己这支拙笔能够客观形象地再现生活真实，能够描绘展现出街道巾帼精神风采之万分之一。

本书献给对党的事业忠贞不渝，在城市街道战线勤奋工作的同志们！

2016 年 11 月

一

一封举报信扰乱了区委组织部年终考核提拔干部的正常运行程序。

这封信的出现可以说是恰逢其时，不早不晚正赶在决定这批干部提拔事宜的区委常委会议召开前的 15 分钟。按正常工作程序，组织部门受理对拟提拔干部的举报应该是先行调查，之后依据调查结果，查出问题的取消提拔任职资格或移交纪检监察机关处理，查无问题的继续履行任职手续。不论哪种情况或结果都需要时间，然而这封举报信的突然出现使组织部门的受理调查时间基本为零。它注定了被举报人与此次提拔任职机遇"绝缘"！因为"带病提拔"乃当今官场组织工作之大忌，另外，年终岁尾百忙中的区委领导们也绝不会为一个正科提拔副处的事延后再开一次常委会。区委常委、组织部长李成走出区委书记办公室，手里拿着那封举报信，像捧着一块"烫手的山芋"。他快步走到区委常委会议室的候会室，向早已等在这里的几位部下—组织部干部科同志面授机宜："情况有变，马上把西坊街道办事处行政科长高月从拟提职人员名单中剔除，名单及上会材料重新排序编号——"

全市"创建全国文明城市"活动已经进入迎接国家检查验收的关键阶段。为给工作在"创城"主战场街道基层一线的广大干部鼓劲加油，区委议定从区属 20 个街道办事处的科级干部中提拔一批副处级领导干部，为此，区委组织部抽调干部组成若干考察小组，深入各办事处及基层社区开展对拟任职科级干部考察工作。李成部长要求各考察组严格程序，严密推进，严明纪律，严求实效，从而保证本次干部考察工作高质量完成。从各街道领导班子推荐，到基层干部群众投票，再到大面积全方位逐一谈话考察，再加上与市委组织部门协调处级领导职数并获批复核准，直至部务会议和部长办公会议表决通过拟提拔人选，形成每个人的考察材料提交今天的区委常委会最后拍板。李部长和区委组织部的其他同志紧张忙碌了两个多月，李部长总结反思整个考察过程自感满意，向区委主要领导汇报时也做了保证考察质量的口头承诺，不承想最后正式上会前他从区委书记手里接到了这封信。当然这年头干部遭举报诟病的事件时有发生，本不算什么大事，但李部长还是从刚才区委书记的目光里品出了"考核工作不细不实不到位"的意味。一般情况下组织部门对非正常上访或匿名举报可以不予受理，但这封信恰恰是实名举报！举报人是当事人高月同单位的另一位女性科长谷金花。信文和名字全打印在两张A4纸上，从举报内容看，即使查证核准事实成立也绝对构不成违纪违法，但却足够影响被举报人的晋升提职！

李成部长将举报信批转给部内的干部监督科科长徐萍跟踪详察。

这场大雪从昨夜下到今日清晨，忽而鹅毛般大雪片儿漫天飞舞，忽而小雪粒儿倾天直落。有一阵儿似乎是风停雪住了，但很快又风雪交加呼啸而至铺天盖地，这大雪停歇的片刻可苦了城区街道办事处的干部们，"以雪为令，雪停即扫"早已成为这座北方省会城市家喻户晓的无声命令，而街道干部则是执行这命令的最基层排头兵。闻听"雪停了"信息，人们像士兵听到冲锋号一样纷纷从温暖的家中或值班待命的街道社区办公室里蜂拥而出，快速向所承担的清冰雪责任区域行进集合，他们是由街道办事处干部带领辖区干部群众组成的清雪队伍，会同雇用的清雪公司，主要承担辖区内二类街路冰雪清运任务，中小型铲车卡车连同手推垃圾车齐上阵，人人铁锹大扫帚及特制的平板推雪锨同挥舞，掀开了夜半雪天忙碌劳作的序幕，远处城区主干街路（一类街路）上传来隆隆的汽车引擎声，那是城管环卫单位的专业清冰雪队伍出动了！铲雪车、轧冰车、扫雪车清一色的大型机械化车队递次跟进作业，场面恢宏壮观。

西坊街道办事处辖区二类街路上，女科长高月带领清雪队伍沿街路展开作业，尖脆的嗓音划破深沉的夜空："清雪公司到了没有？"有人应答："正在路上。"

"电话再催！告诉他们，10分钟内再不到位，按违约扣他们两成工费！南营社区，荣军社区，运输三队都到齐了没有？""到了！""齐了！"暗影中应答她的都是低沉雄浑的男人嗓音。

"好—大家按各自分担地片，现在开干！"黑黢黢的人群呼啦啦地散开，挥锹抢帚大干起来。正值午夜与凌晨交替时分，北方冬天昼夜中最冷的时刻，零下二十多摄氏度的严寒，西北风凛冽如锋利的刀片肆意割划着人们的脸庞，清雪的人们厚实的棉帽棉（皮）衣上很快冻结上一层白霜，嘴里呼出的热气形成团团白雾，他们从紧贴地面处清起，锨推锹铲帚扫将厚厚积雪堆向路边道牙石之上，大家伙干得热火朝天。不知何时，热汗湿润的脸上有了丝丝凉爽，是晶莹的雪花又飘然而至，初时是小雪粉面般弥漫，顷刻间骤变为满天大雪片飘飞，纷纷扬扬。人们刚刚清扫出的地面很快又落满白雪，雪停即扫没得说，可现在老天爷变脸又下上了，还干不干下去？大家心里疑惑，有些人停住劳作，目光透过迷蒙雪雾注视着他们的头儿—高月。说实话，一帮大男人半夜三更的能舍下自家的热被窝儿（当然也有在单位值班待命的），一头扎进这死冷寒天里清冰雪，多半原因是上级命令职责在身理应效力，但也有相当的个人凝聚力在起作用。"看人家一个女人都能舍下身家玩命地干，咱大老爷们咋好意思磨蹭偷懒。""跟这娘们儿一块干活儿心里敞亮痛快！"这是西坊街道社区清雪队伍中众多男爷们的心里话。也有人说这其中颇有些异性相吸的原因驱动，高月的美貌是公认的事实，男人们乐意受她支使，跟着她干活肯卖力气也是事实。这年月有些人偏好讲个编制、身份之类攀比人的高低贵贱，这支队伍里除了极少数几个人是街道办的一般干事，绝大多数是不在编制的合同制临时工甚至低保户。所谓社区干部也是三年一选任的聘用制，同样不是啥高身份。唯有这高月是响当当的国家公务员，街道机关正牌大科长。她身份高却从不居高临下，待人谦和，从没见她高声大嗓批评过谁，颇有大家闺秀的温情含蓄。她干起工作来却是风风火火，最讲究抢前抓早。有一次也是雪停即扫时刻，别的街道办都热火朝天沿街干上了，西坊街区管工具库房的李柱却姗姗来迟，高月和同志们拿不到工具正等得心焦！有人笑骂："傻柱子你死哪去了？还以为你不来了呢。"李柱一边掏钥匙开库门一边咧着大嘴笑着回应："有高月科长在这儿，我怎舍得不来，看她一眼都是享受。"引得众人哄堂大笑，高月也羞红了脸……

此刻风雪交加，高月红毛绒围巾上已结满冰霜，她伫立街头，远处车灯闪烁，清雪公司的机械车辆正向这里开进，像这样在清雪作业中二次甚至三次重复降雪的境况她已经历多次，开弓没有回头箭，她别无选择，向大家挥下手，然后俯身抡动帚把，带头向满地冰雪持续开战……

大雪纷飞，落地无声，人们迎风冒雪开动机械、舞动工具清运冰雪奋力前行，严冬暗夜悄然消退，远处东方天际渐显一线黎明曙光！

曾经有一位南方姑娘冬天里初次来滨城旅游，逛冰城，赏冰灯，游玩冰雪大世界，早起出宾馆看到街头人们在清扫积雪，大铁锹翻飞，将晶莹洁白的雪团抛进垃圾车，大为惊异！不由自主上前阻止，"多美的白雪呀！你们这是暴殄天物呀！"当场遭到环卫大妈训斥："丫头，站着说话不腰疼，你懂得啥是美？这雪若不快清快运，堵塞交通不说，赶上升温化成黑泥汤子脏了城市街路，出门两脚黑泥，看你还怎么美！"虽是一则笑话，确是真实写照。这皑皑白雪在广袤的农田大地，冰雪游园会，滑雪场或是罕见冰雪的南方城市都是大自然造福人类的美妙景物，令人赏心悦目，可是在北方繁华都市纵横交错的大街小巷这雪就成为阻碍人们出行和正常生产生活的天敌甚至灾害。近年来市政府将清运冰雪作为冬季城市管理的一项重头任务，今年更是将此列为"创建全国文明城市"活动中的重要指标，要求中至大雪时一类街路必须在雪停当日全部清运完毕，柏油路见底色，道路畅通；二类街路必须在雪停48小时内清运完毕，方便出行，路面整洁干净；三类街路及背街小巷也必须在3天内积雪全部清运完成，为居民百姓营造良好生活环境。清冰雪工作实施奖惩严明的责任制，各区政府和街道办事处为责任主体单位，形成各社区街路网格化管理，每次雪后，市、区两级城管局及时进行检查验收，对没能按时完成清运，工作滞后或经检查清运不彻底存在死角的单位和责任人，轻则通报批评，重则课以罚金直至追究领导及当事人责任，对连续两次经新闻媒体点名"曝光"的单位和个人，领导予以就地免职，单位处以罚款并取消其年度内所有先进评优荣誉称号的参选资格。

以上，亦是高月等清冰雪队伍不畏严寒夜半迎风冒雪劳作的内在动力和外在压力。

二

这次降雪量级已大至暴雪。上班后，区机关大楼立即忙碌起来，各部门干部按原定分工除留下正常值守人员外一律携工具奔赴清雪责任区。以城管局为主体的区清冰雪指挥部对各街道办事处昨夜清雪工作开始分片检查，区委组织部女科长徐萍登上了前往包括西坊办事处在内的西片检查组的面包车。上车后，她发现车里除了城管局的人还有一张熟悉的胖脸—自己的大学同学现任《滨城日报》记者华之友。看见她，华记者大笑道："哟，徐大美女！难得一见哪！"热烈握手后又挪过来挤坐到她身旁，亲热溢于言表。

徐萍笑道："什么风使咱华大记者大驾光临本区？"她知道华之友现在是市报名记，文稿常发头版年前两人大学中文系同窗时，华之友就文笔出众，是有名的校园才子，却又风情万种，极具审美专长，遇有漂亮女生就神不守舍，在同学间有"花痴"

绰号。当年的系花徐萍曾与华之友有过一段有始无终的恋情。如今两人同在滨城工作，各有事业家庭，彼此少有接触，只是在同学聚会时偶有联系见面。

"徐大科长官僚了吧，本人年初就奉派为贵区包片记者，专跑时事新闻，只是没入您徐大美女的慧眼，您身为'管官'的官员，忽视咱一介草民的存在，也属正常现象，不知不怪，哈哈——"

华记者表情夸张肆意调侃，徐萍淡然笑对道："只是咱这区池小水浅难有大鱼，没啥出彩的热点新闻，怕是让华学兄屈才了！"

面包车满载笑语欢声一路疾驰。

大雪初晴，白雪覆盖着整座城市，阳光灿烂普照在皑皑白雪上，辉映出遍地白亮亮一片，直刺人眼，令人眩目。面包车停在西坊街道辖区一条二类街道上，只见这里路面呈柏油路原黑色，积雪清扫得干净利落，道边石清根见底，清扫过的积雪大面积积集成座座小雪山，沿街道两侧道牙上整齐排列，等待装车拉运。

徐萍随检查组一行人下车沿路巡查，她听见检查组组长、区城管局副局长老严边走边说："这西坊真是不得了！这次又是稳拿全区第一，清得速度快不说，看看，这活儿干得也规矩像样。"说着话，一行人转过街角又进入一条小街，这里照样是柏油路原色，雪堆排列整齐划一，不远处人们正在装车运雪干得热火朝天一人群中一位女干部引人注目，只见她穿行跑动组引导各类车辆停靠装雪，头裹的红绒大围巾随着她身形跃动飞扬，远望犹如一团火焰在皑皑雪境中滚动燃烧！又像一簇红梅在银白世界中迎风绽放……

　　"太美了！"华记者一声惊呼！随即高举摄录机"咔——咔——"连续拍摄。

　　严副局长遥指介绍："她就是西坊街道办的科长高月，人称'铁娘子'看这架势，她又是带队干了通宵，不然不会有眼下的成果……"徐萍驻足细观高月，目光里闪动着职业性的审视，她与高月不熟，前段考核拟提职干部，她没分在西坊街道办那个考核组，目前对高月的了解，只是局限在接到李成部长批示的那封举报信后查看了她的干部履历而已。同为女性，大学时又曾有系花美誉的她，眼下面对高月，也不得不叹服造物主对这位比自己年长好几岁的中年女人的精美雕琢。只见这高月身着一套厚重棉装却难掩她身材高挑丰满，许是寒风凛冽与劳累汗涔使她红围巾包裹着的脸蛋越发红润光洁，五官精致，特别是那一双杏眼黑亮晶莹，透着几分风骚柔情，鼻梁俏丽，唇红齿白，她置身于一群清运冰雪的男人队伍中间指挥调度，举手投足中透着爽快干练，更有一种卓尔不群的美艳妩媚，尽显成熟女人的雅致丰韵。

　　西片检查组长、城管局严副局长看来对西坊街道和高月科长相当了解，他领着一行人边巡查边不失时机地为清冰雪工作造势宣传："这清运冰雪的活儿绝对是全区工作第一难！死冷寒天吃苦挨累不说，要命的是雪停即扫限时完成，检查验收排序考评，责任压力山大！男爷们硬汉子都扛不起一"说到这儿，扫一眼徐萍和华记者，"你们这管官的和搞宣传的真该多下基层看看，抓点真典型好新闻。要知道区里各街道有条不成文的规定：夜里清雪一般不要求女同志参加，可这西坊的高月科长却是回回阵阵不落，冲锋在前，'铁娘子'绰号就是这样传开的一"徐萍若有所思，华记者听得专注，他俯身向前，不停变换角度，或蹲或立，手中摄录机不间断地拍摄，嘴里还喃喃自语："太美了，真是太美了—"徐萍见状当是他花痴病犯了，笑着调侃他，"老同学，你看是景美，雪美，还是人美呢？"

华记者一脸严肃，大声回应："景美，雪美，人更美！"

高月作为街道办事处的行政科长，清冰雪本不是她分内工作，只是因为这项工作过于苦累又压力重大，专司此职的西坊街道办城管科老科长年逾五旬不堪劳累坚决办了提前退休手续，宁肯少拿退休金也要下岗回家"不伺候"了，而办事处其他几位男性科长则你推他躲谁也不愿接手这个苦差事，办事处主任孙逊心急火燎！这摊子工作总不能落地上，只好用自己直管的行政科临时顶上去，街道办事处的行政科号称全街道机关的中枢核心，隶属行政一把手办事处主任直接领导，承担着全办事处各项工作的上情下达、信访接待、迎来送往、综合协调，以及全机关吃喝拉撒等诸项后勤服务工作。有句话叫"行政科是个筐，闹心事往里装"。而这行政科长高月偏又是个干活儿不挑拣，责任心极强的主儿，领导一句话，高月这临时顶岗清冰雪一晃就两年过去了。眼下正逢第三个冬季，三年中西坊街道其他工作都稀松平常业绩平平，而这连续三个冬天都是多雪的冬天，好在西坊的清冰雪工作在高月组织带动下一直在全区名列前茅。现在从区城管口到办事处头头对高月的工作都深感满意，可就是苦了高月个人，因为除了清冰雪，她本职的行政科这摊工作既重要又琐碎繁杂，令她片刻不敢懈怠，才几年工夫，她就多病缠身，身体大不如从前了。

通过了以严副局长为首的区清冰雪指挥部的检查验收，又意外地接受了一次《滨城日报》记者采访后，高月掏出手机看时间，已是上午 11 点多，她召集清雪队伍简要通报了区里检查情况，要求大家抓紧时间午休，下午上班时间准时在办事处集中，然后到现场继续清运背街背巷积雪，任何人不得迟到或缺勤。

大家散去，高月急忙掏出手机打电话，刚才她看时间时就发现手机里显示几个未接来电，都是来自公婆家的座机，想到这对年迈多病的老人，心里不由发慌，电话急拨过去，那边电话铃声响了许久，才听到老公公颤巍巍的声音，断断续续含混不清。高月耐心反复询问好一会儿终于弄清楚事情原委：婆婆今晨去逛早市归来，因雪后路滑，不慎在楼门口摔倒，疼得动不了起不来，幸亏有邻居经过发现，打 120 急送医院，偏瘫的老公公连打几个电话，距离最近的小儿媳高月联系不上，远在江北工作的小儿子上班途中接到老爸电话急忙掉头赶去医院。高月心慌意乱叮嘱老爷子莫乱动，照顾好自己。急忙挂了手机，忙不迭地小跑到繁华街路，拦下一辆出租车，直奔医院……

坐进出租车，高月立即拨打丈夫小沈的手机，电话刚通，丈夫的责怪数落就连珠炮般轰击她的耳膜，碍于司机在侧，她不好也不能与他争辩。她是昨天上半夜离家去单位的，出门时丈夫酒醉归家不久正在蒙头酣睡。防备雪后严寒她比平日多穿了件棉坎肩，而手机就掖在最里层，被厚衣包裹，加上连续数小时不停歇地清冰雪劳作，她哪能听得见手机铃声？再说又是事发突然，谁又能预见会出事？婆婆也真是好动，七十多岁的人了，家里冰箱里鲜蔬果菜应有尽有，都是高月每个星期天去看望他们时带去贮存好的，大雪寒天的你逛什么早市呀？听着小沈的数落，就好像老太太摔倒全是她的责任，高月心里委屈却从无争辩的习惯，抓住个能插上嘴的空当儿，急问老太太伤病情况。得知是右股骨头骨折，现已住院诊疗，她一颗心一下子悬到嗓子眼儿，忍不住泪水漫出眼帘——

高月的丈夫沈力是沈家次子，说是"小沈"其实也是五十出头的年龄了。现在城郊乡镇政府经济办公室工作，每天上班起早贪黑，加上工作业务上交际外场事多，半城半乡的人文环境，酒局饭口的应酬隔三岔五，家中万事高月从不指望他，也指望不上。说到一个"酒"字更是令高月终日悬心的事儿，原来这沈家是典型的东北土著后裔，世代男丁都为人仗义豪爽，能喝善饮酒量过人。偏又系遗传性高血压家庭，沈力的同母胞兄沈强和沈老爷子都是高血压突发后遗症偏瘫患者，时刻不能离人照料其生活起居。每当想到同样患高血压的丈夫小沈差不多天天要面对的酒局，高月的心就一阵阵抽搐！每当接到小沈"今晚有应酬"的电话，高月期盼他平安早归的心真如赤脚在刀尖上行走——

手机响铃，是正读大三的女儿沈丹来电，高月急忙接起，车窗外，市立医院乳白色楼院已近在眼前……

三

西坊街道办事处地处一幢居民住宅楼的临街两个单元1至2层兼半层地下室。一楼办事大厅，由一圈儿玻璃平台将百多平方米的矩形大厅间隔为两片，平台内是办事处相关科室对外窗口的干部办公区，平台外是外来办事人员排队等候或休息区，设有两排长椅。大厅角落另有楼梯向上通往二楼办事处领导办公室及内设科室办公区，向下通往半层（一个单元）地下室，那里是办事处职工小食堂兼后勤杂品仓库。

午饭后，凌晨清雪的那伙队伍三三两两地先后来此集合，因领头人高月科长未到，大家围在休息区长椅处或坐或站聚在一起抽烟侃大山。有个叫“大熊”的社区干部大声吆喝：“柱子，给咱们来个段子解解闷儿。”李柱俨然是这圈里的核心人物，他掏出手机津津乐道地向众人展读页面上的一则短信，并添油加醋极力渲染：“给大家说个段子，话说有一位漂亮小姐，浓妆艳抹丰乳翘臀，穿超短裙上了公交大巴，她那短裙是短得不能再短了，说白了就是一束布条缠在腰腚之间，这小姐落座之后，短裙爹起，露出了黑白条纹小内裤，这位美小姐大腿根儿处各有一处人头文身。引得小姐对面坐的一个小伙子目不转睛盯着她裆里看—小姐被盯得恼火冲小伙喝道：‘看什么看，臭流氓！’”

短暂静场，众人好像在细细品味小伙子话里的意境——

随即爆场！满大厅爆发哄堂大笑！笑声里充斥着放荡与粗犷，大熊笑得弯腰连拍椅背，笑骂着：“傻柱子，他妈的真有你的，这段子够口味，哈……”窗口平台内几位女干部也笑得埋头办公桌上不好意思抬头……

笑声刚落，从二楼沿木楼梯“咔咔咔”走下来一位中年女干部——办事处党群办公室主任谷金花。她身材矮胖，却穿着一双细高跟长筒靴，圆脸上神采飞扬，像是有什么喜事降临，手里高举着一沓材料向大厅里的人们挥动：“大家看呀，街道党工委刚接到的区委组织部红头文件！”她兴冲冲走下楼梯快步来到大厅中央的宣示板前，用不干胶将文件逐页贴在宣示板上，笑吟吟说了句"欢迎大家监督"，扭动粗胖腰身款款上楼而去。

大厅里的人们包括平台内的窗口工作人员纷纷拥上前，围观那宣示板上的材料。果然是区委组织部红头文件，标题是"关于拟提拔任职人员的公示通告"，下边内容是一个又一个拟提职干部的姓名、简历、现任及拟任职务等。

大家看了一会儿，开始悄声议论："这十九个人里没有一个是咱西坊办事处的，那谷主任咋还多大喜事似的，乐得屁颠屁颠的呢？"

李柱和大熊等人渐渐看出了问题，"不对呀，这上边咋没有咱西坊的高月科长呢？前些日子区里来考核干部，咱哥们可都是投了她的票的，组织上的人也推荐了高科长的。现在动真格的了，咋就没她的名呢？"

围看文件的几位办事处干部频频点头，似乎也有同感。只是他们没有像柱子他们那样直言表露，而是互相以目示意，纠结在心里。

从下午刚上班接到区委组织部文件那一刻起，西坊街道办事处主任孙逊就如坐针毡，心里犯堵：拟提职干部公示名单上怎么会没有西坊的行政科长高月？脑海里过电影般将区委组织部来西坊对高月的考察过程细细梳理了一遍，从办事处全体（含基层社区）参加的干部考核动员大会，干部群众投票推荐，到领导班子成员谈话推荐，干部群众逐个谈话考察，直至最后考核组反馈考察情况及结果，办事处党政领导班子签署同意推荐的书面意见，等等，环环相扣，看不出哪个环节会出问题，高月这个干部还是有相当的群众基础，是被大多数人特别是基层群众认可的。当然，作为在本街道机关工作多年的女干部，在"人脉"方面难免会有对立面，孙逊主任知道在自己没到西坊街道任职前，高月曾有过两次被推荐入围提拔副处级领导职务的机遇，不知为啥却都在最后关口失之交臂。然而这次不同以往，孙逊作为街道行政主官力挺高月，恰好本街道领导班子有一个行政副主任职位空缺。不仅因为高月是自己主管的行政科科长，更重要的是这次向区委推荐拟提职考察人选是自己主政西坊办事处后第一次人事工作举措，官场人都知道"人事无小事"。无论成败都事关自己个人面子及威信，此事实不容小觑，更何况区委本次拟提职公示人选全部来自街道基层一线，全区各办事处几乎家家都有人选，唯独我西坊缺失人选，今后在街道同僚们面前岂不矮人半头！

　　想到这些，孙逊主任心中涌动起一股责任感，作为西坊街道现任党政"一把手"（党工委书记被区委外借临时工作，孙逊作为行政主任，党工委副书记此期间主持办事处全面工作）他必须将此事原因搞实摸清，对本单位领导班子和干部群众特别是高月本人总得有个交代。于是毅然拨通了区委组织部分管干部工作的副部长老丁的座机电话，不待他说完来意，话筒中传来丁副部长爽快清晰的嗓音："孙逊主任你这电话来得正巧，为这事李成部长正要找你谈话，时间安排在……"孙逊心中一动：区委常委、大部长亲自找谈话，可见领导对此事的关注和重视，但重视也标志着事情的严重，孙逊心里掠过一丝不安，急切想知道些细情，凭着与老丁平素有些交往，在电话里软磨硬泡想套点"情况"，对方压低嗓音说了几句马上挂断了电话。然而就是老丁这最后几句话，让孙逊脸上骤然变色，心情烦乱起来——

　　"实名举报信！"孙逊放下话机自言自语，颓然落座，"奇装异服，衣着暴露""与领导关系暧昧，乱搞两性关系"，老丁最后儿句话重重敲击着孙主任心扉！之所以有如此强烈的震撼，是因为仅仅两年前，也就是来西坊办事处任职前，这些个同样的文词字眼儿曾经梦魇般缠绕着他孙逊主任的整个身心，同样是由一封实名举报他孙逊与下属女科长有两性关系的上访信，引发区纪检委调查，组织谈话接踵而至，当时搞得他焦头烂额，惶惶不可终日，至今想起都后怕——

　　两年半前，孙逊是南巷街道办事处主任，他在这个岗位已经任职八年，按组织部门不成文的惯例，他已具备交流轮岗进委办局的资格，当时有内部消息传言，他即将调至区直某大局任局长。正值此时，他与下属女干部白桃的婚外情遭人举报，在整个南巷办事处乃至全区街道闹得满城风雨，沸沸扬扬。

　　这白桃人如其名，长得肌肤白嫩，丰满妖娆。她本是部队文工团舞蹈演员出身，据传因为生活作风问题而下放地方，又因同样原因地方专业文艺剧团拒绝接收她的人事关系，后来几经辗转，不知咋弄的就落到了南巷街道办事处，而部队文工团演员都是军官待遇、干部级别的，白桃当时年轻，不足35岁，只是个副连级，转业到街道工作不久，同样不知咋弄的就成了南巷办事处副科级（相当于部队副营级）干部。这个转业女干部的到来，引起办事处主任孙逊的关注。自诩为相貌堂堂的孙主任日常生活中对衣着穿戴颇为讲究，一身行头非品牌不穿，衣帽服饰颜色选择中对白色尤为偏爱，如白衬衣、白T恤、白西装，甚至白袜子、白皮鞋。这嗜好同样适用移情发酵于女人肤色。他对自家相貌平庸、肤黑体瘦的妻子甚不满意，只是因为对曾经身居要职的岳父大人在自己仕途发展几次关键时段发挥了关键作用，使自己这个当年的"大学漏子"（指高考分数接近但未达到大专录取分数线的落榜生）得以逐步走上今天正处级领导岗位的感恩情分，加上对凶神般黑脸夫人的畏惧，才维持了原配家庭的完整和表象上的温馨和睦。

然而，他终于没能抵御住白桃肉体的强烈诱惑，他先是发挥职权效应施以恩惠将她安排为办事处机关内勤，使她免受下社区跑街道的基层工作风吹日晒之苦，令白桃感恩不尽，实际是将美人放在自己身边养眼，而后是每天近距离接触，越看越爱，不仅仅是因为她衣着简约有意暴露出的白嫩肌肤，更因为她每与他目光相遇，眼睛里闪烁出的那种勾魂摄魄的撩人风情。他知道白桃丈夫是驻军外地的现役军人，她那风骚的眼神里也充溢着一个长期独守空房的成熟少妇对壮年男人的性企盼——

一天下班后，白桃盛情邀请他去家里做客，说是对孙主任在自己工作上的帮助与关怀略表谢意。他从她含情脉脉的目光里感觉到了一种幽深的饥渴，预感到将有美妙的故事发生——于是欣然前往。

她的家是隐匿于高档小区商品住宅楼高层的一户三居室，布置得温馨豪华，淡粉色暖格调墙壁，金碧辉煌的吊灯垂下琉璃络坠，脚下是松软的玫瑰红波斯地毯。整个氛围令孙逊感觉到一种久违的舒适和静谧。作为唯一的客人他懒散地仰靠在沙发上，双眼色迷迷地欣赏着白桃在厨房与客厅之间穿梭般忙碌，同样是唯一主人的她最后款款来到餐桌前时，不知何时已换了一袭墨黑丝绒的紧身旗袍，裸露的臂膀和大腿更显丰腴白嫩，所谓的"答谢宴"刚刚开始，他半杯红酒不曾饮尽，早就欲火中烧，一把将她窈窕的身子搂入怀中。白桃"咯——咯——"浪声艳笑："看主任猴急的，别忙，都是你的——"她轻快地解开拉链，任由旗袍飘落于地毯上，她内里竟然一丝不挂——孙逊心律狂跳！看得双眼充血：大波浪浓黑卷发烘衬下姣美的脸蛋，高挺丰盈颤动的乳房，曲线柔美的腰肢，光滑丰腴的翘臀——一切都是那样白嫩光洁，正是他朝思暮想的美妙胴体，他不顾一切将她扑倒在地毯上——

答谢宴至此已完全演变为两个赤身男女的性爱游戏。场地已从餐桌扩展到地毯上，一路狂欢又翻滚到卧室里松软的席梦思床上，女的娇喘吁吁，男的大汗淋漓，孙逊欠起身欲关灭室顶明亮的灯光，却被身下的女人娇声喝止："我不许你关灯，白天上班你偷着看我，馋猫似的，现在让你看个够，看个全！"白光光裸体在男人怀里呈现不同姿态，撒娇辗转尽情舒展，喜得孙逊心旌摇曳，如醉如痴，下力揉搓抚爱，俩人昏天黑地几番尽情欢爱，男人望一眼墙角的欧式立钟，脑海中蓦然浮起老婆凶悍的黑脸，心中一悸！身下女人像是看穿了他的心思，一个鱼跃翻身骑坐在他身上，"我的孙大主任，我早就算定今夜你是单位总值班，可以不回家的，大可放宽心爱你的白桃吧——"孙逊心中默算时间，果然如她所言，不由暗赞这女人心思缜密，同时自身如释重负，不由长出一口气……

一对男女度过了一个无眠的销魂之夜——

孙逊主任从此成为这户三居室不定期的常客。

然而好梦不长，半年之后，一封实名举报信将孙逊主任与女下属的"婚外情"揭露于区委，举报人正是当事人白桃的丈夫：一位现役军人。事关"破坏军婚"，非同小可！区委领导对此高度重视，立即责成区纪委监察机关和干部主管部门分别找孙逊审查谈话，同时赴南巷街道机关开展调查。

那些日子里的孙逊如遭五雷轰顶，惶惶不可终日，那白桃却临阵不慌暗中与他订立攻守同盟，要他咬牙挺住死不承认。好在那丈夫并没掌握铁证，只是凭对妻子以往的不忠及那方面的直觉和夫妻生活中某些异常现象而产生的深度怀疑，怀疑目标落在孙逊头上则因为白桃多次不经意间流露出的对这个男人的暧昧和其作为妻子单位一把手的权势。他举报的目的完全是出于对这个屡屡让他戴绿帽子的女人的极度愤怒！夫妻同在部队时因她的多件丑闻已令他无地自容，费尽周折与钱财好不容易给她寻得南巷街道这个接收单位，不料如此短的时间内她竟"旧病复发"又有新欢。虽然自己手里没有抓住过硬的证据，但作为丈夫他对自己的推论坚信不疑，不仅是夫妻间性生活的体会（他与白桃苟合至今而不离异，主要是他贪恋妻子的美色，每次探亲苟合他都要极度纵欲）异常，更令他忍无可忍的是白桃对他的那种不屑，甚至无视他存在的那种轻蔑。他知道在部队与妻子有床上关系的多是有权位的领导，而自己作为一个副营级后勤营房管理员在妻子眼里是越来越微不足道了。他痛恨妻子的薄情与忘本，若没有自己这些年在营房管理位置上的不懈"努力"，哪有你白桃今天的穿金戴银、省城的豪宅、舒适的工作与生活——在又一次遭受妻子性拒绝和讽刺奚落后，他烈酒浇愁气愤至极！强烈的私欲报复理念使他一气呵成写出了这封举报信。

这封信的突发足以使孙逊主任丧魂失魄！面对区纪委领导的直面质询谈话，他面如土色，冷汗淋漓，下意识地支吾搪塞，因为他知道如果承认了，其后果不仅仅是丢官"双开"砸饭碗，还要判刑坐大牢的！可是若不承认又实在是心虚胆怯，首次谈话在他的无语拖沓中结束。

事后，他与白桃私会述说组织找其谈话的详情，惊魂未定的神色令白桃眼中闪过一丝轻蔑："我最看不上男人'软蛋'不敢担当！不过你也别怕，他没抓着咱啥把柄，你就来个死不承认。"随即杏眼圆睁咬牙切齿道，"我让他告，一周时间内，我来摆平他……"

后来的事实证明，白桃此言不虚。五天之后，事态发展出现戏剧性变化：举报人主动从纪检委撤回举报信，他向纪检干部申明自己此举是由于心胸狭隘胡乱猜疑所致，并对由此而给纪委同志的工作上添加的麻烦深表歉意。面对如此惊天逆转，纪委同志脸上写满惊奇与疑虑—他们对这种不负责任的随意诬陷绝不能放任不管，立即致函当事人所在部队政治部通报此事并建议对他予以必要组织处分。

孙逊由此得到解脱，因为不管是区领导还是纪检委包括组织部门都不愿意看到本区管理的干部群体中出现一个破坏军婚的刑事罪犯，更何况还是一名正处级领导干部。既然对方已经撤回举报，自己区里也就没有穷追深查的必要了。于是此事不了了之。当然，通过对此事的初步调查，主要是对南巷街道办事处机关干部群众的谈话了解，组织上对孙逊同志官德与人品的印象大打折扣，原内定调其担任区直某大局任局长的计划取消，为消除影响方便工作更重要的是挽救干部防微杜渐，区委组织部将孙逊由南巷办事处主任职位平级调任西坊街道办事处主住。西坊与南巷相比，不论是所辖地域人口还是在区里的中心位置规格层面，都要差得多。从举足轻重的区中心大办事处调任普通平凡的小街道办事处，虽然职务相同级别一样，但孙逊主任作为当事人，心里清楚这次调任名为平调实则暗含着贬谪与惩戒。

但他还是暗自庆幸，这个结果比他原来预想的丢官坐牢要好上千百倍！经白桃事后说起，他才知道对手撤回举报信的实情：上次与自己分手后，这女人立即约丈夫面谈，当面拿出一个小笔记本请他过目，那本上一笔笔记述着营房管理员收受贿赂、送礼行贿及倒卖部队财产中饱私囊的明细，随便拿出其中几笔就足够让他在监狱里关上几年—现役军人冒汗了，他知道自己该如何选择。

被调查的那一周是孙逊主任终生难忘的苦难日子。从此闻听实名举报男女关系等字眼儿都会令他惊悸不已！眼下自己直管的行政科长高月又逢此道，尽管他坚信高月是清白的，但自身的特殊经历和与高月亲近的工作关系促发他将撇清自身作为第一要务，这也是他在即将与组织部长进行的谈话中要表述的主要内容。

四

高月本人是在下班后才得知自己被举报而"落榜"的。

在市立医院骨外科病房，高月与先到的丈夫小沈从门诊部到住院处楼上楼下忙前跑后办理完婆婆住院手续，诸事安排妥当后，她在婆婆病床前胡乱泡了碗方便面，算是吃过午饭。这是她从昨天半夜到现在第一顿正经饭食，热汤热水的她吃得津津有味周身舒坦。婆婆的病须进行股骨头置换手术，已预定了手术时间，目前经医生诊治患位固定处置，静卧在床等待手术，现在不动不疼已无大碍。丈夫小沈已向单位电话告假，至少今天会全天候陪护。见状况平稳无事，高月又惦念起街道清冰雪的事，和小沈商量自己下午得去单位，小沈满脸不高兴，却又无话可说，因为平日里家中诸事全靠妻子高月支撑操劳，自己偶然这次赶上了理应尽孝尽责更无回绝妻子的道理，理是这个理，嘴上却还少不了讥笑讽刺："我说高大科长，这年头像你这样没黑没白抛家舍业干工作的人可是凤毛麟角喽！大家都为名和利忙乎，你到底是图发财呢还是为升官呢？两样你忙回来一样，也让我这俗人开开眼！"高月由他叨咕，照例不争辩。她为仰卧病床上的婆婆用温水擦拭一遍脸、手，俯首低声宽慰了老人几句后，起身快步走出病房，离开了医院。

面对丈夫的抱怨，高月表面上不理睬不接话茬儿反驳，是因为内心确有些许愧疚，嫁入沈家二十多年，初为儿媳，为人妻，后为人母，上侍公婆，中伺丈夫沈力，下对女儿沈丹她确是做到了中华传统美德三条：孝媳、贤妻、良母。但细想来，沈家待她不薄，她确也有愧对沈家之处，有些不宜明说。近些年，随着宝贝女儿日渐长大能够逐步自理独立，她对单位工作倾注的心血就明显增多，事业上的进取心强烈。工作业绩斐然，但有几次晋升机遇擦肩而过，其中原因另有隐情自不待言，她心仍有不甘。最近的这次组织考核使她又看到希冀之光！工作更有干劲，分管工作成效愈加突出，她信心满满，急切想进一步。这也许就是丈夫讥讽的想升官吧？人生在世谁无进取欲望，她文化不高，但"不想当将军的士兵不是好士兵"这句名人名言总还知道，所以心中有所期盼，干工作就更有劲头。

高月急如星火般打车赶往西坊街道清冰雪现场，尽管她一路上不停地看表不停地催促司机加速快开，最后到达还是比预定时间迟到了20分钟。虽说老婆婆摔伤骨折作为突发情况是完全说得过去的迟到理由，但高月迈下出租车时还是脸上发烧有些羞于见人。毕竟是自己给大家定的统一集结时间，要求别人做到的而自己首先没能做到，这可不是她高月一贯的行事风格。科长级别不高，可也是一级行政官员，面对这支以社区聘用合同制干部为主体的清冰雪队伍，科长就代表着党和政府的形象，这方面高月平日对自己要求甚严。这次迟到有损个人威信是小事，影响了西坊街道清冰雪进度排名可是大事！上午城管局严副局长检查时透露，上午全区清雪进度西坊极可能排名首位，那么下午运雪进度就至关重要，关键时刻，士气可鼓而不可泄，绝不能因自己的迟到而松懈大家的干劲，想到这些高月决定先向大家作个自我批评，不强调任何客观理由，重点通过自责给队员们激励鼓劲！可当她快步走到现场，火热的劳动场面令她眼前一亮！一路上担心因自己迟到而延误进度的忧虑顷刻间化解。原来大家早在她到来前就自觉投入工作，清运装车忙得紧张有序，马路边一座座小山头似的雪堆已被清运拉走了不少——她很意外，也很感动。知道这是大家对自己工作的支持，心里好温暖，马上投身到大伙队伍之中忘我劳作——很快她感觉到另一种意外和反常，几乎所有人都在闷头干活儿，缺失了平日工作中的笑语欢声，特别是其中最为活跃劳作中嗑黄段子不断流的李柱子、大熊等人今天竟没有半句玩笑话，都成了只顾埋头干活儿的闷嘴儿葫芦。高月试图打破这种压抑沉闷，正要上前与柱子等人开点玩笑，却发现几个都在有意躲避她的目光，都在埋头铆劲儿地干活，像是在宣泄着内心的什么情绪一心里不由一沉，升起一股不祥的疑云：一定是发生了什么事情？而且这事情一定与自己有关？

铁板锹、大木锨挥扬起落，冰坨雪块纷纷被装车运走。几乎没听见有人说话，大家都在闷声不响地快速劳作，这无声的工作，效率却是极为惊人，天刚擦黑时，西坊街道地片内清扫后堆积路边的残冰雪山基本清运完成，所用时间只是以往同样冰雪积量的三分之二！当最后一辆满载冰雪的汽车驶离现场，恰逢区城管局巡视检查小组面包车来到，严副局长带人沿途联检后对西坊街道本次清运冰雪工作最后的结论评语是：地净场清，全区第一。

高月惊异地发现，自己的清冰雪队伍中没有爆发出像以往夺得第一时那样的雀跃欢呼，大家静默无声地收拾工具，有些人已经开始悄悄离去，不远处听见大熊粗声大嗓的一句骂娘："我操！今下晌儿心里憋屈窝着火，哥几个，喝酒去！顺顺气儿。"李柱等众人呼应着，携锹拖镐结队离去……

高月伫立街头怅然若失，以往工作之余特别是夺得排名殊荣时大家都要聚餐庆祝并一醉方休，高月不但是这支队伍的领头人，也经常是酒桌上的核心活跃人物，长期共同（冬季清冰雪，春夏秋季市容环境卫生清扫保洁也都是这支队伍）工作中的摸爬滚打朝夕相处，她与他们构建了亲密无间的情谊。然而现在，喝酒聚餐竟然无人招呼她同往，这是高月今天下午遇到的又一反常现象。行政科长一脸茫然，拖着疲惫的脚步独自向单位走去。

这一切反常怪异现象的谜底，在高月来到办事处机关大厅站在"区委组织部"关于拟提拔任职人员公示通告"前的时刻才真相大白！原来，整个下午西坊清冰雪队伍为自己领头人的"落榜"而心抱不平！又不忍将此事向不知情的高月说破使其伤心，只好以他们能做到的高效率工作进度给心爱的领头人暗中强力的支持。高月当然更想不到，此时在小酒馆单间喝酒的李柱子、大熊等一伙人正在酝酿着一个关于她的行动计划……

看见高月站在宣示板前看"公示通告"，正准备下班的西坊街道机关干部们窃窃私语，几个平日与高月关系铁的女同事聚在高月身边低声宽慰着她。

高月刚看见宣示板上的"公示通告"时，激动兴奋之情难以抑制，终于等来了。可当她连续两遍从上到下由左至右看完了所有公示的人名后，心里骤然掠过一股寒凉，五脏六腑像是一下子被掏空了，一种久违的失落感瞬间袭遍全身，耳边好姐妹原本宽慰的话语却如鼠牙般啃啮着她的心，"实名举报""男女关系"，她感到身体发虚，脚下软得站不稳，倚靠在同事肩头，高月咬牙挺立，毕竟是在机关单位众目睽睽之下，她告诫自己绝不能倒下。

迈进居民住宅楼自家的单元门洞，高月步履艰难地爬上水泥楼梯，一步一挨，三步一歇，巨大的精神打击使从不服软的"铁娘子"体会到了什么是真正的疲惫不堪。她浑身骨骼散了架般的肿胀酸疼，麻木的手指抖颤着用钥匙开启门锁，黑暗中扑面而来的是家的亲情与温馨气息。开灯后，卧室里满目昨夜凌乱的被褥，厨房间碟碗一片狼藉一忽记起自己从昨夜至眼前已有二十多个小时离家在外奔忙劳作，像这种境况在自己十多年西坊办事处科长的工作经历中何止成百上千次？舍家抛业的玩命拼搏自己究竟图什么？想到近年先后几次从拟提职的名单中被无情地甩出，屈辱、委屈、沮丧、绝望加上病痛劳累一股脑儿袭遍整个身心一高月再也抑制不住，一头扑在床上放声痛哭，肩臂抽搐耸动，悲戚唏嘘心发哀鸣：

　　"为什么受伤的总是我……"

　　俗话说，女人的眼泪似长河流不尽淌不干。平日嬉笑怒骂不见泪只因未到伤心处。高月憋屈苦闷，悲从中来，她像只受伤的小鸟蜷缩在自家卧床上再不必顾虑别人窥见，任由泪水奔涌流淌，双肩耸动抽搐，时而号啕时而唏嘘，哭得昏天黑地，泪水朦胧中自己四十多年的人生境况闪回浮现眼前——

　　"文化大革命"的第二年，民间俗称青黄不接的四月里，一个女婴在滨城市中心区一个普通市民家里呱呱坠地，她来到这个世界的第一时间乃至整个童年阶段，感受和经历的是铺天盖地的大字报、声嘶力竭的大批判、造反派激愤的大辩论和血腥武斗、戴红袖标雄赳赳气昂昂的红卫兵以及充斥着全社会的波涛汹涌的"红海洋"。不知这与高月长成后在衣着穿戴上酷喜红色是否有关系，但自幼年的动乱岁月给她的人生历程打下的烙印却是深刻的，特别是对她在接受文化教育方面颇有影响。

　　伴随着"文革"结束，小高月走进少女花季。特殊年月陶冶出她特殊的性格气质。机灵好动，风风火火，不愿与同性交往，专爱与男孩子们为伍，淘气打架摸爬滚打阵阵不落。身体发育良好，每天挺着小胸脯像红卫兵一样雄赳赳走路。20 世纪 70 年代末，港台的时尚服装开始流入大陆，小高月喜穿奇装异服，偏爱穿高跟鞋，和男孩子打架追逐，满街疯跑，一个夏秋之季不知要狂跑折断多少只好看的高跟鞋跟儿，每次"断跟儿"后回家，都是紧绷着小脸儿，将夭折的高跟鞋扔在父亲面前"你看咋办吧？"能咋办呢？无奈的父亲只能一次又一次地满足小女儿要求一再买新鞋。

高月的家境殷实，父亲年轻时是国营大厂技术人才，20世纪改革开放初期，他抓住机遇毅然辞职"下海"，创办个体私营经济实体。商海中，他几经拼搏，挣得钵满盆盈，成就丰厚家业。高家有子女三人，高月居中，上有姐姐高云，下有小弟高丰，姐弟三人自小到大华衣美食生活优越，这样的家庭在那个黎民百姓大多啃"死工资"度日，国人普遍贫困的年头寥若辰星，令同学朋辈们艳羡不已！但也正因如此，人无压力轻飘飘，家里大人忙着经营挣钱，孩子衣食无忧缺失进取之心，也受当时社会"读书无用论"影响，高家姐弟三人的学业都稀松平常甚至在班级"打狼"。小高月在整个读小学期间被同学们称为"漂亮小公主"，而老师对她的评价则是"穿着光鲜水滑，大字不识几个"好歹混到小学毕业，那年头也没有"小升初"考试，小学毕业可直接进入距家近的初中读书，但高月对学习已完全没有兴趣，她每天骑着一辆当时最时尚的凤凰牌女式自行车飞驰于市内各有名的舞厅或旱冰场，她喜着红色衣裙，单车也是火红色的，所到之处犹如闪过一道红色风景，引人注目。不论旱冰蹦迪还是当时在青年人中流行的伦巴舞、国标舞和交际舞，她都能得心应手精彩绝伦！俗话说"女大十八变"，此时她已出落成身材苗条容貌靓丽的大姑娘，舞厅内外，旱冰场及每天流连活跃的各个场所，到处都出现了对她火热追寻的目光……

20世纪80年代末期，中国大地随着改革开放的不断深化，迎来了全民崇尚科学渴求文化知识的新时期，与高月同年的同学中已有人高校毕业步入工作岗位报效社会。社会上各类文化补习班、夜大班如雨后春笋蓬勃兴起。此时的高月已被父亲托关系安排进了一家研究所附属工厂学电焊工，受全社会学知识求文凭热潮影响，她报名参加了文化补习班，人长大了心路放远了，社会生活特别是工作岗位实践使她深刻体会到文化、文凭对自己今后人生的重大意义。如同旱冰场上终点冲刺后一个漂亮的迂回转身，她毅然收住纵情玩乐的脚步，全身心地投入新的生活轨道，从此市内的舞厅、旱冰场再不见了她俏美的身影。

尽管收心敛迹浪子回头，但学习文化对她而言实在是吃力艰难。基础差，从前落下的功课太多，都成为她难以逾越的障碍。此时的高月展现了她叛逆性格的坚韧一面，拒绝了众多舞伴热心拉她重返舞场的盛情，并毅然切断了与这些人所有的联系。工余时间全部用来补习文化课，潜心攻关，矢志不移，坚持不懈。半年后报考了市内某高校夜大文科专业班。复习备考期间结识了后来成为其丈夫的沈力。

小沈年长高月5岁，当年已属大龄青年，在一家集体所有制工厂上班。小伙子老实忠厚，也是为取得一纸文凭给今后人生前途助力，从而走上报考夜大之路。他文化课基础比高月好得多，因同在一个复习班里他经常对高月的学习做些辅导。时间久了这两个青年男女之间渐生爱慕之情。高月家距上课复习班所在学校路远，而这学校就在小沈家附近，有时赶上听课时间间隔短或午休饭口，小沈就盛邀高月到自己家里做客。沈家人很实在，待高月周到热情，令她甚感温暖，一来二去高月也成了沈家的常客，两个人的感情迅速升温，终于在小沈房间中一次缠绵拥抱深情亲吻之后突破最后"底线"，偷尝了禁果……

当年9月成人高考成绩张榜公布，沈力分数较高，考取一所国家承认学历的成人高校理科专业班；高月分数低些，但也被一所国家参考学历的普通高校夜大文科专业班录取。两人皆大欢喜！不料此时高月蓦然发现自己怀孕了。

惊喜伴着惶恐令她手足无措，毕竟刚过 20 岁，面对漫长人生之路，她所有的处世经验近乎为零。沈家闻知欣喜，他们早就视这个体貌姣好心眼单纯的姑娘为准儿媳，于是开始为儿子的婚事积极操办。小沈自是喜上眉梢，对高月更加疼爱。

此事在高家如同爆发一场家庭地震！高月父母坚决反对小女儿与沈家交结，更不要说婚嫁。理由：一是沈力年龄偏大，身高相貌平平，与女儿不般配；二是沈力作为集体所有制小厂的职工，属于社会底层，收入低微，又无一技之长，承担不了男人养家重任；三是高父从自身经历深刻反省，坚信"经济基础决定一切"，沈力父亲虽是政府机关官员，但靠工薪度日，无经济积累，家境与高家门不当户不对。父母要求高月做掉胎儿与沈力断绝关系，年龄尚小今后另择佳偶。态度强硬不容商量。

面对来自父母家庭的强大压力，处于人生关键节点的高月再现叛逆性格的一面，敢爱与无畏。她向父母几番诉求不成，为保住自己与小沈的爱情结晶，不顾父母雷霆震怒，索性就住到了沈家，沉浸于爱河之中。在与沈力同修夜大成人高校学历期间，由沈家单方面操办，她和小沈举行了仪式简单的婚礼。娘家父母与她这个任性而为的女儿断绝了关系。高月很快就体验到无畏抗争的苦果，婚后生活清贫凄苦。她从华衣美食无忧无虑的白天鹅一下子跌进社会生活底层。

严冬，大雪封门。她和小沈租住的小屋里清锅冷灶寒气袭人。孕妇高月腆着大肚子步履艰难地走下楼梯,丈夫小沈为多挣一点外出补助费补贴家用而经常出差。同样为缓解小家庭经济上的拮据,独身在家的高月在楼门前摆个小地摊经营些煤气灶具零配件。当时煤气灶具在滨城市场需求正火,而她父亲正是这类商品的总经销商,高月永远不会乞求父亲,她循着自己的个性理念倔强地生存着。这不全是为自己在婚姻上的叛逆,还因为弟弟高丰虎视眈眈防贼似的凶狠目光,这个已近成人的高家独子,在极端重男轻女的父母骄纵下,看家虎一样唯恐自己贫弱的亲姐从高家拿走丝毫财富甚至吃上一顿饭菜……

那一段苦难时光,高月刻骨铭心,终生难忘。

五

组织部干部监督科科长徐萍与西坊街道党群办公室主任谷金花之间的谈话整整进行了两个小时。谈话结果令徐萍颇感意外。

"举报信不是我写的,"谷金花说这句话时语气干脆利落,不容置疑,"我这人从来都是话说当面,光明正大,不搞背后阴谋。不错,我对高月有意见有看法,她是行政办主任,我是党群办主任,我俩人经常掐架全办事处人都知道,她年龄比我小,正科任职时间比我短,凭什么年年公务员考评她总是优秀,我总是称职,街道各个口工作评比,她也是回回当先进,次次表彰奖励落不下,凭什么呀?"谷金花说得慷慨激愤,自己像是有满腹委屈,"不就凭她脸蛋漂亮,领导喜欢吗?像我这样老实靠谱就知道傻乎乎干工作的人，是啥好事也落不到头上的……"接下来就自己的个人工作及不公境遇等不住嘴儿地滔滔不绝说下去，话到动情处竟有些声音哽咽声泪俱下了。

徐萍目光柔和耐心听她说下去，在组织部门工作几年来，她理解基层干部那种渴望与上级机关特别是组织部门同志倾心交谈的心情，也深知这些同志在下边工作的辛苦。不过当她从这位女科长讲述的内容中，意识到这完全是一部自我宣泄的牢骚进行曲时，很快就记起自己的使命，不得已做出了体育竞赛中"暂停"的手势歉然道："不好意思打断你，谷科长，有些话我们另找时间深谈，也欢迎你有时间到部里找我细唠，现在我们还是回到高月的问题上，刚才说到她得到的一些先进优秀之类，是凭着脸蛋漂亮，领导喜欢，我想知道具体事例和是哪些领导？你别太为难，点到即可，但要有事实。"

谷金花从激情倾诉的自我陶醉中猛然清醒，脱口而出："当然有事实。没听说那句街道名言吗，'你的工作好与差，全在领导一句话'，男人嘛，见到漂亮女人就起性，多少任领导了，全都一个德行。"

这粗俗话语竟出自一位女性科级干部特别是党工委办公室主任之口，使同为女性又是管干部的组织部门科长徐萍心里一颤！面上又不好说什么，淡笑着继续问下去："有具体事例吗？是谷科长亲眼所见还是大伙传言听来的呢？这都无所谓，要紧的是帮组织上弄清问题真相，同时也是对同志负责。"语气平缓却绵里藏针，指向明确不容回避。

谷金花一时怔住，这才感到面前这位文静沉稳的女科长内心缜密细致。组织部的干部果然厉害！同时也意识到自己刚才的失言，心里一动，像是欲言又止，"其实这类破事儿全办事处的人都心知肚明，只是都闷着不说而已，打着我旗号写举报信那人也是迫不得已。徐科长您没在办事处干过，您可能不知道这街道工作有多难，条件差不说，这人事关系就老复杂了。就拿我个人这摊儿工作来讲，整天忙忙叨叨，领导从没给个笑脸，累死都不知咋死的……"避开徐萍的追问，话题回转，又开始述说表白自己的工作及不公平境遇。

徐萍不动声色，内心却涌起对面前这个女人的厌恶和鄙视。刚才还标榜自己光明正大，话说当面等等，一旦碰硬就露出虚伪本性，不仅仅是回避矛盾怕得罪人，而是有意故弄玄虚欲言又止，诱导你步入迷途，同时抓住机会向组织表白宣传自己。在以往工作经历中这类干部徐萍见识过不少，共同特点是嫉妒心强素质差私心重。不管那封举报信是否系谷金花所为，徐萍都看出这是一个善于制造矛盾搬弄是非的"事儿妈"女人！

继续谈话已经毫无意义，徐萍客气地说："谷科长是大忙人，不耽误您宝贵时间了。"说完"啪"的一声合上了面前的笔记本。

西坊街道一伙人到区机关大楼上访，领头的是李柱和大熊。

大楼门卫室值班人员挡住了这伙闹哄哄的近十人的队伍，询问他们有什么事找什么部门。大熊火气挺冲高声大嗓地说："我们找管着干部能升官的部门，要见能'说了算'的大官儿。"

信息很快反馈到区委组织部。门卫值班人员凭经验认为组织部会派个科长之类的干部下楼来接待应付一下，没想到闻听是西坊基层同志来反映干部提拔情况，组织部长李成亲自打来电话"请西坊街道的同志到我办公室谈"，并派一位组织部办公室干部下楼迎接。

组织部长办公室在五楼尽头，是区级副职领导办公室中唯一的套房，这样安排可能出于组织部长工作性质的考虑。李成部长已在室内等候，身旁还坐着干部科长申达。刚才申达曾提醒部长，人多太乱，是不是让他们选两个代表谈，或者由他出面听听情况再向李成汇报。李成笑道："选什么代表呀，向组织部门正常反映情况，又不是向纪委举报，别搞那么紧张，再说人家点名要见管官儿的大官儿，你还不够格儿，我又正想听听西坊的情况。"心里还有一句话没说——"他们成伙结伴而来，必有成伙结伴的道理。"

李部长办公室套间实际是个小型会议室，平日用于召开部长办公会议或科长会议研究工作。今天大熊等人鱼贯而入，立即将室内所有的沙发木椅坐了个满满登登。申达科长找了把折叠椅偏坐一隅。李成部长见状笑着打趣道："看来我这间小庙还可以容纳各位西方（坊）神圣了。"众人闻言哄堂一笑，气氛顿时轻松下来，这伙人原本带着怨气而来，现在看见人家大部长躬亲接见，几位干部忙着上茶送水招待，反倒不好意思起来。再看这房间除中央会议条桌周围大家落座的沙发座椅外，三面环墙排列的立式书柜中满是书籍报刊，其中镰刀斧锤的党徽标志分外醒目，整个房间布置得洁净阳光又透着一种庄重威严。大家都有些手足无措，一时冷场无人言声。少顷，大熊在李成部长目光鼓励下率先说出来意：

"我们这一帮人是西坊街道的一支杂牌军，为啥叫杂牌军呢？一来是干的活儿杂，冬天清冰雪，夏天扫大街，什么环卫保洁街巷厕所垃圾倾倒这些个正常人捂鼻子绕道走的埋汰活儿全归我们管我们干。二来是我们这支队伍人员杂，什么临时工、合同制、聘用制社区干部和居民老百姓，啥人都有，五花八门。我们这杂牌队伍全区其他街道都有一伙，大家平日里常联系喝个小酒吹个大牛啥的，这段时间里人家别的街道干我们这行的领导差不多都得到了提拔，可唯独咱西坊街道没有。我们西坊冬清冰雪夏天环卫这几年连年全区排名第一，可我们的头儿高月科长咋就升官儿没份儿呢？区上组织部门也派人到我们西坊去搞了群众投票测评推选，我们今天来的这哥几个都参加了，高月科长得票多，我们还在谈话中向区里同志说了好些高科长的事迹，区上同志也认真记录了，弄得和真的一样，可到最后动真格的发榜公示了，那提拔名单上反而没她的名了？这不是欺负老实人吗？"

李成部长与正在做记录的干部科长申达交换一下目光，彼此心照不宣。这些人是为高月的没能被提拔鸣不公、抱不平而来的。

果然，大熊话音刚落，其他人就七嘴八舌争相发言，语言虽杂乱无章，但中心意思明确："像高月科长这样干工作，勤奋、负责、抛家舍业、一心为公的带头人，对下属和蔼可亲、关心帮助，没有一点官架子，特别是她分管的工作连年排名都名列前茅，在干部考核中不论民意测评投票还是组织个别谈话都过硬叫好的街道干部，为啥得不到提拔？我们这些人都是跟着高科长干活儿的，全都参加过你们对高月科长组织的投票和谈话，最后高科长提拔榜上无名泡汤了，你们区上管官的大官儿总得给我们大伙一个说法！"

李部长凝神倾听，头脑中思索着两个问题，一是从到访者中每个人的举止神态及所谈内容看，他们是来自西坊街道基层的普通群众确定无疑，是有组织有目的地自发而来，为一位领导他们工作的科长没能得到提拔而向"区上管官的官儿"发声质疑！情绪义愤中透着憨直拙朴，言辞恳切发自肺腑。组织部长心细如发，观其人知其本是李成的职能特长。他相信自己不会看错，能有这样一个群体为干部的职务升迁而不惜犯上越级"要说法"，说明当事人高月在基层群众中有相当深厚的人脉基础，此事发生在当前社会物欲横流人际关系复杂的今天可说是难能可贵！同时引发出第二个问题令李成部长警觉：高月本人对今天这些人的上访是什么态度？在李部长组织工作经历中，某些干部为达到升迁目的，幕后策划群众上访，以"民心所向"造假象蒙骗组织部门的多有先例，如果高月也同此作为，尽管李成依然信赖来访这些人的真实质朴，但事情性质就完全变化了，高月难逃"变相要官"之嫌，今后等待她的将是仕途上的跌落。

来访的西坊"杂牌军"所有人都做了陈述发言，有的说得多，如开头的大熊和紧随其后的李柱，有的说得少，只有简单几句话。但看得出不论多少都是心里话，李部长深谙此道。"有些事体表情装是装不出来的"，如同五岁前的孩子不会说谎一个道理。他同时注意到没有一个人说到那封举报信，是不知情还是另有隐情？抑或是知情不言在等"区上给说法"。

"首先，我代表区委组织部感谢大家，"李部长语气里透着诚恳，"西坊同志主动到我们这里来反映干部提拔中的情况，实际上是对我们组织工作的有力支持，帮助我们深层次了解基层识别干部……"说到这儿，像是忽然想起很随意问道："咦—高月同志对今天各位到访组织部有什么想法？是否托各位带了什么意见向我们转达？"他话语平和，目光却锐利巡视着每个西坊来客的面容表情，观察众人的反应。

回答他的是沉默。来访的几个西坊人不约而同地垂下头去，表情忧戚。大熊一声叹息打破沉寂："唉！怕她心里难过，我们到区上来的事根本就没和她说，她一个女人，家里上有老下有小不管不顾，多少次三更半夜离家冰天雪地里领着大伙清雪干活儿，真是不容易呀……"李柱摇头苦笑道："先前区上来考核她，闹得满城风雨，全街道都传言高月要提拔了，可现在晴天霹雳落榜了，心里该有多憋屈。高月她又是个极要脸面的人，我们不忍心看到她难过的样子，要和她讲，不成了当面揭伤疤，谁也受不了这个。可是这么闷着没个说法，我们心里真是窝着一股火！我们哥几个喝闷酒越喝越上火，私下商议着找街道办事处领导屁用没有，因为他管不着升官的大事，这就直接来区上了。"

组织部长心中释然，因为他最为担忧的事情没有发生。只觉得似有一股暖流涌过心田，这些人的侠义令他肃然起敬。不由想起昨天与西坊街道办主任孙逊的谈话情景，那位堂堂正处级领导干部，当面对组织上向他了解他自己的直属科长当事人高月有无男女关系作风问题时，首先做的是马上澄清自己，对敏感话题避之唯恐不及。这使李成部长深感失望。他当然了解孙主任的"前科"，但没想到这种扭曲心理竟然能使一位领导干部如此怯弱，担当之责丧失殆尽，与现在围坐在自己身边的这些来自西坊最底层的群众相比，道义人品真乃天壤之别！

"关于高月同志没能进入提职公示名单问题，大家来要个说法，这件事涉及组织工作保密范畴，原本不宜公开，但此事大家关注，我就直言相告吧。"李部长知道组织部已经分别找孙逊、谷金花等人谈过话，此事在西坊马上就是公开的秘密，不如正面告之在座上访人，正好听听他们的看法。于是将区委接到关于高月作风问题举报信，组织正在调查的情况简要谈过（当然不谈署名问题）并说明这就是高月落榜原因，衷心希望各位对举报的问题谈出看法，协助组织调查。众人愕然，随之群情激愤，差不多是异口同声说出，"写信人真他妈的不是东西，高科长为人正派，绝不是信上写的那样人"等。其中李柱的几句话令李部长印象深刻："女人长得好看，有时就是灾难，吃不着葡萄就说葡萄酸的混蛋大有人在！"

六

高月婆婆手术置换了不锈钢股骨头，术后状况还好，在医院康复治疗两周后出院回家了。现在是卧床调养，对一位七十多岁的老太太而言，要完全恢复行走功能需要一个相当漫长的过程。

其间可累苦了高月，从前期的医院—公婆家—单位的每天的三点一线，到现在的公婆家—单位每天的两点一线，从服侍卧床婆婆包括两位老人的生活起居、每日三餐、热汤热水到打点医院和居家一切大小事宜，她既是拿主意的主事人又是具体干活儿的操劳者，丈夫小沈等亲属基本插不上手，有时能帮把手，也只是她的附属随从。加上每天正常到单位上班，那段时光高月几乎是每天24小时连轴转。最初几天，单位同事见她双眼红肿，脸庞像蒙一层水雾，知她尚未从公示落榜阴影中走出。她从不向领导和周围同志倾诉或抱怨，天大的委屈埋入心底，一如既往地沉默并专心地做好她那一摊工作。不论自家有多大的事发生，只要能坚持，她从不向单位请事假。这与她任职的工作岗位确实脱离不开关系，但最主要的是她自尊、要强、积极向上的性格使然。参加工作二十年来，她始终恪守着"工作第一"原则，特别是近些年连续几次最后从拟提拔名单中被甩出局的经历，使她更趋成熟，每一次遭受打击过后，心中痛楚自吞自咽，从不与人言说。在工作上是更加勤奋认真，同事们敬佩她的内心坚强和承受力，殊不知她多年来矢志不移追寻的不仅是不甘人后不受人诟病，而是以实际行动向所有人证明自身的价值。不靠美貌矫情，追求仕途上进取，图的不单是一官半职，而是一种心理上的自我认同，出人头地给世人看。那股子坚韧劲和心底激情来源于她不同于常人的坎坷经历和蒙屈受辱过的强烈自尊！这就是高月。

今天是个难得的周日，说难得是因为照料病中婆婆和处理单位工作，高月已经连续十数天没有休息。今天她已经将公婆家包括饭菜服药等诸事安排妥帖，由大伯嫂轮值代管。高月和丈夫小沈可以在自家小休一天，最重要的是女儿沈丹今天从学院回家过周日。这可是小家庭头等重大事项。姑娘从小学起就是学生干部、小忙人，考入大学住校，又当选为校学生会副主席兼文体部长，从此更是忙得一塌糊涂，几乎所有的课余时间完全投入各种校园活动及大学生与社会互动的公益事业中。每个寒暑假期都忙得马不停蹄，很少光顾家里。亲属和朋友们都说，这姑娘和她妈一样，都是忙碌命。这话总让高月心中一战，她绝不希望女儿和自己一样劳累。她深知"富养闺女穷养儿"之道，并付诸实践。家中大事小情诸般家务活计儿从不许女儿染指，全由自己独自承担，以至于沈丹如今一个 22 岁的大姑娘了，即将大学毕业步入社会之际，对居家过生活的诸多家务技能认知和动手能力几乎为零，除了会洗衣服和女孩子天性着装购物装饰自己之外，其他家务活儿如做饭也就只有会下挂面的水平。其实这不是沈丹个别现象，当今社会高度发达，城市里像她这样家境的青春女孩差不多如此。老辈人为此担忧，几年中就要嫁为人妇，何以家为？高月对此不以为然，认为女儿就应该享受生活，而不能再像自己这代人一样操劳并陷入琐碎家务。对女儿在外面的活动她全力支持，从无懈怠；女儿成长中发生的每一件小事，都被她视为不容忽视的头等大事。生养并培育好女儿是她半生中最重要最难忘的经历，这其中深蕴着说不尽数不清的苦乐辛酸。想到将和女儿度过一个美好周日，高月今天心情特好。她先是将因连日不着家而凌乱不堪的两居室连同走廊门厅里里外外彻底来了个大清扫。连日来的劳累疲惫在她身上似乎已荡然无存，也许这就是女儿亲情的精神力量所在！最后拖完地板时已临近中午，夫妇俩对今日菜谱早就拟定，小沈清晨即去早市把几类菜品肉类副食等购置齐备，当然都是女儿爱吃的。沈丹学校食堂的饭菜早吃腻了，每次回家吃上妈妈高月烹饪的菜肴都大呼"过瘾，老妈万岁！"这也促发激励了当妈的在女儿回家的菜肴伙食上更加精益求精。今天的主食已经议定—酸菜馅水饺。这也正是女儿丹丹的最爱。

说来也怪，这酸菜馅水饺原本是 20 世纪困难岁月中北方百姓家庭逢年过节的佳肴。因副食品匮乏，国家凭票限购，缺肉少油无细菜，节日餐桌上全家若吃上一顿白菜或萝卜馅饺子那绝对是奢望，若能吃上韭菜或蒜苗细菜类饺子简直就是天方夜谭。想一想那些菜名形状就会使所有大人孩子垂涎欲滴，恍如梦中。那年月用酸菜包饺子实在是无奈之举，因为受民间传统习俗影响，为图年景吉利祥瑞，再穷的家庭过年（特别是除夕夜）也必须吃上一顿饺子。但是巧妇难为无米之炊，无钱买菜为饺馅（多数是市场无货，有钱也买不到任何鲜菜）怎么办？于是北方城乡居民百姓家庭几乎每户都要储存过冬的酸菜就派上了大用场，可以说用酸菜为馅包饺子绝对是中国北方民间的伟大创举。若干年后，随着时代变迁，中国人的生活水平大幅提高，市场丰富，物质充盈，当人们吃腻了大鱼大肉海鲜山珍及各品细菜类饺子之际，酸菜馅饺子以其清淡爽口香而不腻的特色独树一帜。这款从贫困岁月中产生并传承，在竞争激烈的餐饮市场脱颖而出的美食佳品，广受富裕起来的中国大众青睐，老少皆宜，特别是生活优越的城市独生子女、当代大学生群体对此更是情有独钟百吃不厌。高月的宝贝女儿沈丹每次回家，除饱餐一顿外，还要打包带走满满一保温饭盒，回校送给闺密学友们分享。

家中座机电话铃声响起，正在剥蒜的沈力将手上蒜皮拍干净，接起电话，电话是女儿丹丹打来的，告知父母她已经到奶奶家看望他们，正在与爷爷奶奶聊天，过一会儿就回家。

高月正在厨房忙着剁饺子馅，这酸菜饺子馅必须有鲜猪肉搭配，以肥瘦相间的五花肉为最佳。主料酸菜也颇有讲究，以山东圆白菜腌制的最好，菜帮薄、芯叶嫩、汤汁足，拌制成的酸菜馅才口感咸香味道纯正。高月将酸菜扒帮，洗净，略控一下水分，放在菜板上切丝最后剁碎，这熟练的操作流程令她蓦然想起一桩往事，不由心中酸楚。

女儿丹丹刚上小学那年，一个周末的下午，阴雨渐沥中，高月带女儿回了一次娘家。父亲去外地催收欠款不在家，母亲和她在厨房里边包饺子边唠嗑儿。高月对那一天印象深刻，包的就是酸菜馅饺子。原本因为她在婚姻大事上的一意孤行，与娘家父母关系搞得很僵，除春节假日外她极少回家。那时候父亲的私营公司兴旺发达，高家已坐拥千万资产。早已辍学的弟弟高丰担任父亲公司所属两家销售店经理，俨然以公司未来掌门人自居，视所有家财为己有，对已嫁出门的姐姐防范甚严。这个被"重男轻女"的父母从小宠惯的高家独子，处世高调张扬，为人霸道，有时连父母都不放在眼里。而此时正是高月小家庭的艰难时期，作为小公务员的她本人工资微薄，丈夫小沈所在的集体企业濒临倒闭，连续大半年没有分文工资，三口之家经济拮据入不敷出。即使如此艰辛，性格要强的高月也从不向娘家张口求助，这次回娘家是因为母亲思念外孙女丹丹打电话要她娘俩来家的。

饺子包好下锅时，窗外电闪雷鸣大雨如注，楼门外传来汽车尖厉的刹车声，母亲忽然想起什么，慌忙奔向卧室取出事先准备好的一厚叠百元钞票塞给女儿："快拿着，别让你弟看见。"此时锅开水沸，高月忙着下饺子腾不出手，那钞票暂摺在面案上。

忽听屋门响动，弟弟高丰一身酒气撞进门里，瞥一眼门厅里玩耍的丹丹，三脚两步奔进厨房，"哈哈，好香，原来包饺子啦！"冲着正忙碌的高月讥笑道，"蹭吃喝的又来了！"

高月对此话极为反感，当即反驳道："这是我家，我愿来就来！"高丰一眼盯见面案上厚叠钞票，怒从心起："好滋润呀，有吃有喝还有钱拿。"伸手掳过那叠票子塞进自己口袋，目光恶狠狠盯视母亲，"家有内鬼，不败才怪。"

母亲一脸怯弱垂头嗫嚅道："是我给丹丹的，那孩子过年来时连身新衣裳都没！"看见弟弟如此无理，高月气得不行，冷脸怒斥："高丰，你混蛋！"

"我是混蛋，可我这混蛋知道自食其力，不像有的人拉家带口到别人家蹭饭吃；我这混蛋还知道靠赚钱守家过日子，不像有的人身为国家干部吃着共产党的皇粮还要到别人家装可怜乞讨……"

高月只觉脸上发烫，头要爆炸！看一眼身旁低眉垂目的母亲，心中一片悲凉。她大步跨进门厅拽过女儿，"丹丹，咱回家，和姥姥再见。"7岁的女儿满脸惊恐，大眼睛盯着厨房里饭桌上热香四溢的酸菜水饺怯怯地说："妈妈，我饿！"高月忙着从衣架上取下自己和女儿的衣物，心里还存着一份期待，来大半天了丹丹真是饿了，然而，她听到的是厨房里高丰恼怒地敲锅击盆声，母亲无奈地叹息和一句软柔无力的叮嘱："月儿，外面下雨，带上雨伞吧！"

高月的心彻底冰凉了。她毅然拖拽着女儿急步走出家门，母女俩几乎是冲下楼梯，来到楼门外，扑进昏天黑地的大雨之中……

雨幕中，强忍多时的泪水瞬间夺眶奔涌而出，高月任由泪水和着雨水在脸上肆意流淌——这还是自己从小就疼爱呵护的小弟吗？高丰小时上学经常受同学欺负，被打得眼泪汪汪，每次都是"假小子"二姐高月出头替他报仇，和与她自己身高差不多的男孩们披头散发当街厮打，有时甚至自己有学不上而护送弟弟高丰上学放学——这些难道高丰都忘了或是从来就没放心上吗？在这个极端重男轻女的家庭中，所有的一切都是以高丰为中心的。现在看所谓的物质、财富、家产、金钱竟有如此魅力，转瞬间就可以变亲情为仇人，可怕呀！我国家干部吃皇粮怎么了，因此我就不算是高家一员了吗？早就知道为富不仁这句成语，没想到今天从自家亲兄弟身上体会到了这词义的实质内涵！

全身淋透在风雨中携女疾行的高月，泪流满面，思绪万千，感悟到人生真谛：自立自强才有自尊。对娘家财产她从没有过非分之想，自己没有一技之长，唯有干好本职工作，不断进步、出人头地才有自尊。凭自己的努力奋斗才会有富足的家庭生活。这也许就是高月若干年来矢志不移勤奋工作，历经挫折仍坚持追求进步的思想动力之源。

门铃骤然响起，将高月从回忆遐想中唤回现实。

"我回来了！"声音银铃般清脆悦耳，话音未落，女儿沈丹已轻盈地跨进门槛，麻利地将双肩背包甩脱在门厅沙发上，三脚两步奔进厨房和母亲高月拥抱一起，跳着笑着。父亲沈力捧着砸蒜石钵也跟进来，一家三口欢聚一堂，其乐融融。和以往一样，女儿每次回家立时就给这个两居室注入清新的空气。沈丹洗过手脸，和父母促膝围坐在面案边帮着和面、拌馅、包饺子，嘴里连珠吐玉般讲述着校园里的大事小情及她自己近阶段的学习生活。

沈丹身材高挑，容貌靓丽，活脱脱是母亲高月年轻时的翻版，只是个头比母亲还要略高些，周身洋溢着青春的活力。看着女儿，高月整个身心都是融化似的柔软；听着沈丹眉飞色舞的讲述，她抿嘴笑着心上抹了蜜般香甜。女儿话头一转，语气透出忧虑：

"面临本科毕业的最后一年，说是实习年，其实就是给你找工作就业的选择年。同学们心里都像长了草，同寝室的姐妹天天早出晚归忙着找路子投简历，应聘面试等。我心里也慌慌的。"这确是一个沉重的话题，不唯女儿而是整个家庭面临的当务之急。沈丹学的是信息管理专业，这是早在高考前由沈丹爷爷为孙女谋划选报的高校专业，预测到该专业将来就业面相对比较宽泛，现在看这一宝还算押对了。沈丹在校是学生干部品学兼优，但这些绝对不是能拥有好工作的条件。现在的大学生就业很大程度上拼的是家庭背景、社会关系和家长活动能力，这是世人皆知的社会常识。高月与丈夫沈力互望无言，她很想知道女儿自己的选择。聪明的沈丹读懂了妈妈眼神里的含义，率真直言："我想报考公务员，学校领导、老师和同学们都支持我的想法。"

高月心中一战！公务员是当今人们看好的职业不容置疑。学校老师同学们的支持无非是基于女儿近年作为学生干部练就的那点组织和社会活动能力。但即使能够考上，作为一个女孩特别是一个漂亮女孩步入政治仕途将要面对和经历什么呢？她想到自身境遇，心中掠过一片阴影。

沈丹感觉到了气氛有些沉闷，她不愿看见父母为自己的事而有丝缕的忧虑愁云，拍拍手雀跃而起欢声叫道："不说这个了，我饿了，想吃酸菜馅饺子喽！"

沈力赶紧起身准备炒菜，高月忙着包完最后几个饺子摆满盖帘，燃气灶淡蓝色火苗腾起，坐锅烧水下饺子。手机铃声响起，是高月的，她拿过一看，来电显示是单位值班室打来的，犹豫一下按了关机键。不到一分钟，门厅里茶几上的电话座机铃声大作！沈力扫一眼来电显示，恼火地按下关机键，不料那电话瞬间再次响起，铃声执着而刺耳。高月心知必有急事，上前接起电话，听了几句脸上就变了颜色，缓缓放下话筒，满脸无奈：

"单位来的电话，小食堂自来水管爆裂，水漫上来淹了地面，我得快去……"边说边忙不迭地穿衣戴围巾，沈丹大眼睛里闪动着惊愕与对妈妈的怜悯，丈夫沈力脸上则写满了惯有的讥讽和不满。高月临出门向女儿歉意地说了句："你们爷俩先吃着，我去去就回。"故意将话说得轻松平淡，其实她心里明白，此一去不可能去去就回。脑子里闪电般过滤着马上要面对的事与人：供水公司、物业公司，弄不好还有邻居纠纷——又一个美好的家庭周日被自己搅黄了，她深感愧对丈夫，特别是女儿，然而没有办法，身为单位行政科长，职责压身。

高月蹲在楼道间换鞋，门缝里传来丈夫沈力的声音清晰震耳："同样是公务员，别人是喝茶水聊大天，一张报纸混一天，你妈这公务员可当的有意思，平常就忙得要死不说，多少个周日都让你过不安生。"

七

李成是三年前由市委组织部的处长岗位提拔"空降"至本区任区委常委（副局）组织部长的。这符合组织部长一般不能从本地干部中产生的组织原则。多年的组织工作经历练就了他严谨细致的行事风格，按照区委从"创城"一线岗位选拔一批优秀科级干部提任副处级领导干部指示要求，他精心组织实施了对这批干部的任前考核，工作细到天衣无缝的程度，不料最后关头还是出现了对拟提拔人高月的实名举报信。一贯严格自律的李部长认为这是本部门工作的纰漏，考察工作不实不细的阴影一直压在心头。他决心亲力亲为将此事彻查清楚，给区委领导和包括自己在内的知道此事的干部一个明白结论。

现在通过一段时间的调查核实，分别与西坊街道领导班子成员、当事人高月周边人员及所谓的实名举报人谷金花等逐个谈话，特别是李部长还计划外亲自接待了一起西坊基层群众上访，更多层面地了解了当事人高月的真实情况。目前，从各方面反馈汇总情况看，所谓实名举报信反映的问题基本可以排除，甚至连实名举报人也子虚乌有属冒名顶替。真正的举报人为什么要采取如此卑劣手段，是积怨报复还是挟私泄愤？一切皆有可能，一切又都不得而知。就举报内容分析，男女关系问题在中国这方地域上古已有之，属情感隐私范畴。男欢女爱，你情我愿，私密性极强，绯闻多为好事者捕风捉影，或者嫉恨者蓄意编造，除非当事人坦白自认或被捉奸在床，否则很难查清坐实。即使偶有查清事例，当今中国《刑法》尚无定罪法条，只有舆论责难和党纪条例定为违纪犯错。虽构不成违法犯罪，却违纪不能提拔，举报人正是出于混淆视听，借助此类事难查的盲点，以虚假实名举报引发区委重视，给组织部门设局以达到阻断高月晋升路途之目的，可见用心之险恶。

从目前情况看继续追查真正举报人是谁已经没有意义。重要的是事实的调查结果印证了与之前区委组织部对高月的考核结论基本相同，原定的拟提拔是没有问题的。这结果令李成部长心情大好，先前心中的自责阴霾一扫而光。他在最近一次区委组织部部长办公会议上向几位副部长和相关科长通报了关于高月同志被举报后的调查情况，并组织讨论通过了重新启动该同志提拔任职工作程序的决定。按照拟提拔任职领导干部考察结论材料半年内有效的组织工作规定，不再去西坊街道对该同志进行重复考察，责成干部科长申达准备呈报区委常委会议的相关材料，干部监督科长徐萍写出关于高月同志复查情况的报告并与区纪检委联系沟通。待上述相关工作完成后，由李成部长向区委书记汇报请示，争取在近期例行的区委常委会议上列入高月提拔任职议题并讨论通过。

李部长设定的计划可谓细致周密，并体现出作为组织部门对所管干部的高度负责，针对被突发举报事件搅乱的工作局面，核实后给领导和相关人员一个明白。还当事人一个清白；同时印证了组织部门前期干部考察工作的客观真实性，尽快落实对高月的提拔任职是维护区委组织工作权威，不能因个别人的不实举报而影响原定工作目标完成，也避免干部考察结果半年有效期逾后的重复运作。然而，谁也没想到，世事无常，官场多变，李成部长的计划没能如期实现，由于一位官员的出现，高月的提拔任职事宜再遭不测又起波澜！

按照部长办公会议上的分工，干部监督科长徐萍在很短时间内写出"关于高月同志的复查情况报告"，她通过参与调查谈话及与高月近距离接触，对这位街道基层女科长颇有好感，所以行动上加快了工作节奏。《报告》完成后立即呈李成部长审阅同意，之后马不停蹄履行干部提职上区委常委会前的例行工作程序—与区纪律检查委员会委员沟通当事人情况，也就是由纪检部门审查并认定该同志是否存在贪腐或违纪问题，是否涉及有关案件在查或待查等，当事人如存在前述问题或与某违纪案件有牵连，提职（或平调重用）事宜则一票否决，以下的任职程序诸如打印上会文字材料等都不必进行了；如经审查不存在前述问题则由纪检部门和主管领导（一般为主抓案审的纪委副书记）签字认定，视为通过。这是近年来严防"带病"提拔干部的一道重要关卡，由纪检，组织部门联手实施，分头把关，不容有丝毫马虎和懈怠。

徐萍所在的组织部干部监督科职能业务与区纪检监察部门类同相通，平日工作多有交集。她与纪检委相关处室人头熟悉，对此类干部任职前沟通业务是轻车熟路，所以很顺利地通过了纪检委案件室、信访室的审查。这两个处室的同志在热情接待徐萍的同时，极为认真地查看了相关工作记录，确认当事人高月与纪检监察机关正在查办或待查的案件及接待受理的所有来信上访事件和违纪线索都没有任何涉及。徐萍收好有两位处室主任先后签字认定的《报告》材料，与纪委处室同志握手告别，而后走向纪检委领导办公室，由纪检委领导签名认定是此项审查的最后环节。因有前两个处室明确认定，这最后一环就成了例行公事走过场。沟通事宜顺畅，徐萍为高月感到高兴，正科提副处是公务员仕途发展中极为关键一步，虽然横遭小人举报波折，但承蒙李成部长这样负责任的好领导及时出手查实澄清，总算将大事挽回，这对于一位在街道基层拼搏多年的中年女干部而言何等重要！

她心情愉悦步履轻快地走在区纪检委办公区走廊里，想起上次来这里沟通高月等30人拟提职名单最后签字时因为主管常务副书记国章同志当时在市委党校学习不在岗，而由区委常委、区纪委一把手赵丰书记直接签订的。当时赵书记还笑呵呵说了句："又有三十位同志进步喽，组织部好事多办，让我们纪检委好嫉妒哇！"不觉间已来到国副书记办公室门前，轻敲门扉，随着里面一声"请进"她推门而入，见国章副书记正伏案看书，桌面上堆放着一摞新版的党刊读本。

　　区纪检委常务副书记兼区监察局局长国章五十六七岁年纪，斑白的头发梳理得整齐妥帖，一丝不乱，面色红润，看见徐萍站起身亲切握手："小徐你好！三个月没见越发漂亮了。嗓音洪亮透着长辈的慈爱亲切。徐萍心里一阵温暖，急忙回答道："国副书记刚回来就忙工作，也不休息几天？"国章副书记笑容可掬指着桌上的新书说："我老喽，不比你们年轻人，新动态新观念接踵而来，不抓紧学习消化就跟不上形势喽！"

　　寒暄过后，徐萍向国章书记说明来意，详细汇报了高月提职事情的前因后果，包括实名举报信及调查结果，组织部重启提职程序的意见及刚才与纪检委案件室、信访室的沟通情况，将有两个处室签订同意的高月拟提职文字材料呈递至国书记面前。国副书记面带微笑听完徐萍汇报，目光掠过文字材料嘀嘀念出"西坊街道一行政科长一高月？！"脸上笑容瞬间冻结住，花白长眉不经意地耸动。这细节被眼尖心细的徐萍看得清楚，她意念中两个处室已经把关通过，国副书记不过举手之劳签字例行一下公事而已，不料国副书记将材料审视良久轻轻推置一旁却没有马上签字的意思。徐萍一心要尽快完成此项工作，成全高月的提职好事，心里着急又不便催促，只好耐着性子提示对方，"上级对干部提职考察材料有严格时限要求，前段因举报调查已滞误了时间，我们部务会议和李成部长想法是对基层领导班子和干部个人负责，尽快走程序，避免重复工作。"国章依旧面带微笑，淡淡说了句："材料先放这里，我再看看。"徐萍暗忖："怪哉！纯属多此一举。"面上却不好再说什么，只得起身告辞，回自己组织部办公室等结果。

　　徐萍不会想到，就在她刚出门离开，国章副书记立即点燃一支香烟猛吸起来，脸上笑容荡然无存，烟雾缭绕中的面色阴沉可怖。他在室内踱步思虑良久，最后摁灭香烟挂通区委组织部部长办公室电话，笑容又浮现脸上，声音里透着媚颜亲切："李部长您好，我是区纪检委国章，打扰您了，您现在方便吗？是这样，刚才您部里小徐科长来我这里送来西坊街道一位同志的材料，有些情况我想向您个别汇报一对一是这样，您是后到我们区工作的有些情况可能不全掌握，我本人曾在西坊街道当过三年街工委书记，知道一些干部情况……"

国章是全区处级干部队伍中举足轻重的资深人物，在本区工作几十年，先后历任街道工委书记、行业党委书记和区直机关党委书记，最后官至区纪检委常务副书记兼区监察局局长。这个岗位在全区正处级领导干部中排位第一，与区（局）级领导享有同等政治待遇，同属于市委组织部直管干部，职位升迁调整不受区委节制。担任此职务者原则上都是区（局）级党政副职后备人选，只是因为国章年纪偏大，市委内定近期拟提任他为区政协副职人选，这已是全区干部上下皆知的组织机密。李成部长早在市委组织部任党建处长时就熟知国章副书记其人，该同志时任区工业局党委书记，在中小企业受经济改革冲击党组织工作疲软的背景下竟然能把区工业局党建活动搞得风生水起，成为全省党建工作典型。李成曾经几次聆听过国章副书记绘声绘色的基层党建典型经验报告，总的印象是这位年长自己10岁的老处级干部党建工作经验丰富，马列主义理论功底较扎实深厚。自己"空降"来本区工作后，通过日常实际接触又发现国副书记为人谦逊，待人亲切，在领导与同事间很有亲和力，感觉上是一位令人"敬而亲之"的慈善长者和优秀处级干部。

区委常委、组织部长李成与区纪检委常务副书记兼区监察局局长国章之间的个别谈话整整进行了一个小时，谈话内容涉及最多的人物是西坊街道办事处行政科长高月。

李成部长舒展多日的眉头又紧皱起来。他感叹在中国这块热土上，婚外男女关系问题真是无处不在，无孔不入。在民间它是摧毁家庭破裂的定时炸弹；在官场它是引发干部坠落的欲望诱惑。既客观存在，又虚无缥缈，作为人类七情六欲的产物，孕育于男女心灵深处，查实难，取证更难。一旦坐实却又入不进法条，上不了刑律，可以逃脱庄严国徽的严厉惩处，但镰刀斧头的党纪却决不容忍。这就给组织部门考察提任干部设下难题，道听途说也好，捕风捉影也罢，怎么查，查什么？何以认证，怎样界定？完全没有现成的规定或条例可循，为一位有绯闻传言的干部再次兴师动众去做提任前的男女作风问题调查，党的组织部门颜面何在？

组织部长李成的性格人品完全符合他所从事的职业要求，即老成持重。行事风范有两个特点：周密细致和缜密谨慎。对于一位街道科级女干部能否提职任用上，前者主导设定了重新启动任职程序的周密计划，后者又主导否定了或者说中途搁浅了这个计划。连续多日，他没有向两位下属科长申达和徐萍催办高月任职事宜落实情况，申达没有反应，作为机关老牌科长，他更习惯于沉默中顺从领导意图行事。徐萍却耐不住了，她直接向部长询问纪检委有没有最后结果，高月的任职是否近期上会？李成沉思片刻，慎重答道："据一位曾担任过西坊街道主要领导的老同志反映，高月存在婚外男女关系问题，有具体事例，影响很坏。"

徐萍愕然。她猜到了反映情况的那位老同志是谁，却绝对没有想到高月确有此类问题。在为高月深感惋惜与遗憾的同时，她心里也埋下了一个疑惑的问号。

八

全市"创建全国文明城市"活动通过国家级检查验收，市政府对各区街道办事处市容环境（含清运冰雪）卫生检查验收情况以"创城报捷排行榜"形式在《滨城日报》头版头条刊发公布。西坊街道此项创城目标完成分值名列本区20个街道办事处第一名。同在头版的二条版面刊发了一篇署名首席记者华之友撰稿的"创城先进人物事迹专访"，题目为《雪地红娘子—记临江区西坊街道战冰斗雪带头人高月》，文中以全景式纪实笔法描绘出高月率领街道社区清冰雪队伍，子夜出动通宵达旦，不畏严寒清运冰雪勇夺全区榜首的全过程，特别着重记述了女科长高月既现场指挥又身先士卒的精神风采。以一条艳丽红围巾为旗帜在风雪中率先拼搏奋进的场景，形象思维引喻为古战场大顺军巾帼女将军红娘子率军雪夜出征的壮美豪情，联想丰富、文字激扬、生动感人。配发了一幅彩色照片，照片中蓝天白雪辉映，正在组织运雪装车的高月头裹大红围巾艳丽夺目，圆脸蛋上笑颜初绽，明眸皓齿，俏美端庄，英姿飒爽。整幅照片取景自然明亮，构图清新精美，色彩层次鲜明，令人过目难忘。

这篇纪实通讯报道和配发的彩照引发人们一片热议，特别是在西坊街道反响强烈。

办事处主任孙逊把这版《滨城日报》反复阅览多遍，他对本街道办事处在全区排名第一位深感满意也很有几分得意，说到底这是他孙逊作为西坊行政一把手的工作政绩呀！安排干部将本版报纸复印后精心收存，心里美滋滋的。

党办主任谷金花看过报纸特别是那幅彩照后，满脑袋"羡慕嫉妒恨"，趁办公室里没有人，三把两把将那版报纸撕得粉碎，一屁股坐在椅上生了一阵子闷气，看看满地的报纸碎片，心里发虚怕人看见，急忙找来笤帚仔细扫干净收入墙角垃圾篓中。

街道环卫站休息室里，一伙人争相传看这版报纸，大声议论着：

"瞧——这不正是咱那天干活儿的现场吗，看咱高科长上镜好漂亮呀！"

"嘿——这里有排行榜哩，咱西坊街道还是第一名哩！"

大熊满脸兴奋高声大嗓道："弟兄们听好喽！下班后跟我走，哥几个去喝两盅……"

当事人高月却浑然不知此事，为单位食堂自来水管爆裂修复后补办手续事宜，她连日奔波忙碌于供水集团与物业公司之间。眼下刚从供水集团 10 层大厦电梯里走出来，忽然收到女儿丹丹一条彩信："老妈真棒！形象好美！同学点赞，我很骄傲。"正莫名其妙，又收到女儿转发的报纸彩照，恍然忆起那次清运冰雪后的记者采访，只觉得脸上发烧……

"这是咋说的呢？大伙的功劳咋能记我一个人身上呢？"

高月回到单位刚进门厅，一个熟悉的面孔突现眼前。这是一个每次见到都令她恶心反胃的人物——西坊街道机关退休干部老吴。回避已来不及，她索性硬着头皮迎上前去。"高科长你好——"老吴主动迎上前，满脸的谦恭笑容。

高月横眉冷对不屑一顾，昂首快步从对方身边走过去。

这老吴名唤吴凤明，原是西坊街道机关干部，他年轻时系省体委下属冰球队运动员，曾参加过分别在加拿大和东欧几个国家举行的国际冰球赛，拿过团体名次。本人系国家二级运动员。后来年龄过线文化偏低留队当助理教练的资格能力都不具备，只能转业地方。几经辗转最后落在了西坊街道机关，按国家关于运动员转业待遇的相关规定，定为街道副科级干部，直至前几年病退。该人虽文化程度不高，但人高马大，四肢发达，街道办事处男性干部本就稀缺，加上他本人自知别无所长，对单位诸多体力工作主动承担并勤快卖力，对他本职之外的体力活儿也乐于帮忙，很快就赢得同事们认同，在领导和群众中颇有一点"人脉"。但这老吴还有一个特别喜好—好色。他在西坊办事处的办公室里贴满了影视女明星艳照，有些国际女巨星如麦当娜等的裸体照。几位与他同室办公的女干部避之唯恐不及，深感难堪。多次斥责他让其撤去这些不堪入目的艳照，他却嘻嘻哈哈："男人么，色是本性，不色有毛病。美女养眼，我每天看着她们就精神亢奋，工作就劲头十足！"有女同事气不过亲自动手上前要揭那些片子，却被老吴阻拦。他人高马大与女人拉扯之间假戏真做小动作不断，女同事被他借机摸胸捏臀吃了暗亏，又不便明言，只好忍气作罢。于是那些艳照只能任由老吴那样贴挂着，没人再去干涉。

老吴与高月的积怨交集也是源于一次干部提拔。当时高月担任西坊办事处妇联主任兼管计划生育等工作，在正科级领导岗位任职已逾三年，本职工作干得风风火火业绩突出。正逢区委组织部拟在全区提拔一批副处级领导干部以充实区直机关及各委办局，为调整改善区直班子结构比例，本次提任干部重点倾向女干部。内部消息传来，许多具备提职条件的干部特别是科级女干部纷纷暗中运作，找关系拉选票积极准备应对组织部门考察。高月也得知此信息，当时她自认为个人正科级资历尚浅，虽工作业绩较突出，但与谷金花等老牌正科级干部比较而言，自己胜率不高，官场竞争在个体之间没有悬殊差距的前提下，毕竟是讲论资排辈的，所以她对此事不甚上心。

一日傍晚，高月因到居民委处理一桩辖区内妇女超生事宜返回单位时已过下班时间，整个街道机关里静悄悄的。她进入二楼自己办公室后认真填写完当天工作图表等，简单收拾后正要下班回家时，老吴像个幽灵般闪进了她办公室，看见高月惊愕的目光，他讪笑着不请自便地在临门椅子上落了座，"高科长，有个重要事儿想和你单独唠唠，可一直也没个机会，今天我瞄着你回机关晚了就等着和你唠这个事儿，正好没人。"

高月满脸疑惑，老吴压低声音，表情很有几分神秘，"区里要从你们正科长里提副处的事儿你知道吗？你个人咋个想法？"高月一怔，随之窘红着脸说："我正科任职时间比别人短，这等好事不敢奢望，再说，全区这么大范围，咱西坊街道怕是一个也摊不上。"

"傻妹子，人往高处走，水向低洼流，啥叫奢望？那叫没志气！凭咱一把手在区里的威望咱西坊咋就摊不上！"话说到此，老吴凑近高月声音里透着亲切，"知道吗，咱一把手对你很欣赏，提拔这类事向来是得票多少是基础，领导推荐最关键。有他向上推你，也就是整个西坊党政领导班子向上推你，好事岂有不成功之理！"

高月知道，老吴说的"一把手"正是本单位—西坊街道党工委书记兼办事处主任。似是绰号，实为官职。按正常情况而言，城区街道办事处系正处级机关单位，党政领导应分别单设，该领导能够书记主任一人兼，颇有些古代官场"上马管军下马管民"的意味，位高权重，眼下在全区也是绝无仅有，可见其人在整个临江区官场的强势。官能做到这份上必须具备两条：一是区委器重信任；二是领导能力超强。高月还知道该领导"一把手"与老吴私人关系非同寻常，据传"一把手"每次单位总值宿时都要象棋对弈否则难以入眠，老吴是他雷打不动的棋友。曾有人窥见老吴棋后亲奉该领导洗脚服侍上床。西坊街道机关同事间传说俩人是无话不谈的私交密友。当然也有人说这些事是老吴本人传出，意在为自己炫耀。

高月明白了，老吴这是向自己传递着某种信息。他说得没错，街道干部要想获提拔进入区里委办局机关，领导推荐很关键。推荐领导在区领导眼里的分量更为重要，而西坊"一把手"恰恰具备这种能量。说实话高月对这次机会虽不甚上心但也不是不想作为。她从自己分管的计划生育业务工作口获知，区计生局早就缺职一名副局长，肯定要在这次提职调干中配齐，而区计生局领导对自己抓的西坊计生工作深为满意，她本人多次在全区计生工作联评中获奖。人与工作的关系说到底是个态度问题，高月是个对工作对个人都高度负责的人，干一行钻研一行，勤奋认真，一丝不苟，唯恐别人说个不字。日常的踏实敬业必然积累为阶段性丰硕成果。她在街道工作多年，经历过若干不同岗位，对经手的每项工作她都是同一态度，即不甘人后，积极进取。所以每项工作都见成效，只有了解她为人品行的人知道：那是她不懈付出的心血结晶！

"至于得票数吗？请妹子放心，大哥我会私下里为你活动，不过几顿酒饭的事，只要妹子你点个头，我让大家伙专投你一个人的票，嘻，保你高票过关。老吴说着一双细眼色迷迷紧盯着高月丰满的胸脯。

他说得不错。组织部提拔选任干部的"投票"环节细分为两步程序：在被考察单位的全体干部群众大会上，由区考核组组长（通常由区委组织部领导干部担任）讲话，内容是本次考核工作目的和纪律要求，讲话中申明被考核对象必须具备的基本条件，如任职年限等，绝不能提被考核人姓名。为使大家投票顺利，先将本单位符合提任条件的所有人员名单（以姓氏笔画排序）印发大家供参考写票，然后才是投票。第一步，由考核组人员将"民主推荐票"逐一发给参会人员，这张票上推荐干部的姓名处空白，由投票人按个人意愿填写，所以称填票。填完这张票，由考核组人员收齐并转入另室快速计票。第二步，根据计票结果考核组确定被考核人选并将姓名写入印好的第二张票"民意测评票"再次发给每位参会者，与第一张票不同的是这第二张票上有了被考核人姓名，姓名后栏中分列"同意提拔"和"不同意提拔"两格，由参会者按个人意愿在格内划"√"，所以这一次称划票。要求只允许划一格或不划（弃权），两格都划者视为废票。最为重要的是，第一张推荐票可以不计较得票多少，有名即可；而第二张测评票得票多少极为关键。被考核人的测评票得票数必须超过参会投票总人数的二分之一才能正式确立为提职候选人，进入接下来的谈话考核。这是组织工作硬件规定，就是说干部提职必须得到本单位多数人认可才能通过，所以说测评票得率必须过半数，是任何人都不可逾越的一道关卡。看来老吴对时下官员提拔考察颇有研究，为此事是动过脑子的。

面对老吴的热心，高月心存感激。从区计生局工作需要等因素综合分析，她认为只要考察单位包括西坊街道，自己还是有可能胜出的，但心里反感老吴提及的拉选票和靠领导关系的做法，光明正大的事为啥要搞得鬼祟呢？同样的竞争结果即使最后胜出，由于过程中的不诚实也会心中愧疚，她不愿承受那种心理负担的沉重。

见高月静思无语，老吴以为她心动，绕过办公桌凑到高月身边，"美女妹子，好事成功可要好好谢谢老哥喽！"说着伸手去抚摸高月的脸蛋。

沉思中的高月心里一惊！蓦地想起这老吴平日里经常注目自己身体的色迷眼神，想起单位里女同事们对此人品行的议论恶评，又猛然想到此刻整个机关都已下班，除了楼下大厅一名值班员外，自己身处的二楼已经空荡无人，而面对的老吴身高体壮，眼里闪动淫邪正向她步步逼近，出于女人自卫的本能，高月后退避让，可身后是墙再无退路，关键时刻聪明美女的高智商使她选择了镇定从容。她知道若抗争自己绝不是对手，此时若大喊呼救，楼下值班员能否听见和及时作为暂且不论，不管何种结局对她与老吴而言都是一桩说不清的丑闻，而逆来顺受被凌辱她则是绝不会屈从的。正是情急生智，她满面笑容说了句："老吴，别急，容我想想。"这话似乎一语双关，老吴理解为另层意思，心里美滋滋以为就要得逞，只见高月单手托腮缓缓踱步做思考状，当走至老吴身侧时突然快步冲向屋门，眨眼瞬间楼道里响起她急促的脚步声，由近及远传来一句："老吴帮我锁好门，我有急事先走喽！"

被甩在计生办公室里的吴凤明反应过来时，高月已经人去屋空，他颓然落座在椅子上，恨恨地爆出一句粗口……

如果说这一次是由于高月的机敏使双方在不撕破面皮情况下避免了尴尬，那么随后不久发生的事情则完全是老吴的不思教训自取其辱了。

那年盛夏里的一个周日，西坊街道办事处机关组织了一次郊外野游活动。这也是每年7月上旬必搞的传统活动，主题是"上半年工作总结，下半年工作部署"城区所有街道办事处届时都搞此项活动，称庆祝"双过半"即全年时间过半、完成任务过半（主要指经济工作指标）。各街道选择的活动形式和地点不同，目的都是借此暑期家属孩子放假时机，组织全体干部职工带家属来一次"合家欢"娱乐联欢，放松心情，凝聚人心，以励再干。区里财政经济部门会在这当口及时下拨半年奖励资金，各办事处在兑现奖励的同时留用部分资金组织活动，体现一种犒劳职工慰勉家人的意思。

西坊办事处将活动地点选定在江心岛。该岛原名狗岛，因整体地貌形态从高空俯视酷似一只狂奔大犬而得名。面积十多平方公里，位居松花江中心，四面环水。岛上本无人烟，荒弃多年，近些年市政府加大推进旅游事业，在岛上搞了些开发建设项目，出现了几家度假村宾馆游乐场。沿江有沙滩天然浴场，可游泳戏水，江边也可划船野钓。岛上草木茂密，到处是丛生灌木林，野趣十足，是个游玩的好去处。为使庆祝"双过半"联欢活动丰富多彩，西坊办事处相关人员头天下午就"打前站"登上狗岛安营扎寨，成箱的啤酒、饮料及各类鱼肉罐头副食品提前搬运到位。这重体力劳动对老吴而言自然责无旁贷，他跟着行政科忙得满头大汗又乐在其中。

翌日，蓝天如洗，万里无云。西坊街道机关全体干部职工和家属及下属各社区干部齐聚江心岛。上午例行召开全体会议，地点就在某度假村餐厅，是由头天上岛"打前站"的行政科同志们预定并将会场布置好的。会议由街工委副书记主持，先由办事处排名第一的副主任总结上半年工作、布置下半年任务，最后由党政主要领导"一把手"讲话，该领导讲话从不用稿，满腹经纶，出口成章，从当前形势任务，到具体工作要求，直至党的建设廉政教育，侃侃而谈，如数家珍。会议结束时正好临近中午，于是本次活动真正意义上的重头戏—宴会聚餐，即将开场。随着主持会议的街工委副书记最后一句"会议到此结束，散会"，早就待命的老吴等一干人员立即搬桌挪椅一阵忙碌，顷刻间庄严会场演变恢复为聚餐饮宴的酒席格局。每10椅合围一圆桌，人们分别按各科、办、队及社区为单位偕各自家属入席就座，餐厅中心位置设领导主桌。这时数位不必参加会议但要光临酒宴的人物陆续入场，他们分别是西坊街道辖区的公安派出所、工商所、税务所、房管所和物业公司等单位的领导，也是按以往惯例西坊办事处凡有此类活动必须盛情邀请的客人。这些领导中有人早就上岛，只是不在会场露面，去环岛四处游玩了，待散会时再赶来赴宴；有的人则是刚刚登岛，算准饭口专程来享受酒宴的。吸引这些领导的不光是这顿丰盛酒宴，重要的是饭后还要带走一份西坊办事处赠送的实惠丰厚的会议"纪念品"。以感谢各位对西坊街道各项工作的支持，一切都心照不宣，依惯例而行。

西坊办事处党政领导班子成员陪同上述客人在领导主桌上依次交叉坐定后，酒宴正式开始。"一把手"代表班子向各位关系单位领导来宾，全体干部职工特别是家属同志们分层次举杯祝酒致辞；之后是客人来宾代表祝酒；各桌的科、队、站长们轮番到领导主桌敬酒；各桌之间互相敬酒，一轮又一轮，杯盏交错，祝酒声、敬酒词彼伏此起，欢声笑语不绝于耳……

老吴被行政科同志们拉坐在一桌喝酒，全桌人结队向主桌领导、客人来宾和邻近几桌同事先后轮番敬酒后，回到本桌不及喘息，时任行政科长老田提议："老吴这几天一直帮咱行政科忙乎，从打前站扛啤酒到布置会场安排这宴席真是辛苦了，没啥说的，咱全体共敬老吴大哥一满杯以表感谢！"于是全桌人起立响应，纷纷与老吴碰杯。这老吴从头天忙到现在确实有些劳累，早饭后大半天过去，主食粒米未进却空腹连喝数杯白酒，只觉头晕目眩。

餐厅里酒宴仍在继续，一些女同志和家属带孩子的已吃过饭悄然离席，去外边江畔或树林四处游玩各寻其乐去了。有几桌男人们不断高潮迭起，喝得昏天黑地。

老吴喝高了不能自持，伏身桌面小酣片刻，睁开眼坐起时，发现本桌人有的加入别桌接着喝去，有的已经离席外出游逛，他孤身独坐醉眼恍惚中，一抹艳丽红光令他精神为之一振！大脑皮层中一种潜伏多日的强烈欲念支配着他摇晃着站起，步履跟跄地追寻那抹红光而去……

那抹红光正是身着红色套裙的高月，她天性酷喜红色，衣着上冬戴红巾夏穿红裙已成个人习惯。本次活动她没带家属，因读高中的女儿身为学生干部暑期比平日更忙，而丈夫小沈刚调入新单位周日也忙于酒会协调工作关系。高月本不喝酒，刚才不得不应付过向领导敬酒等场面后，她已和几个同事姐妹悄然离席，不料刚到江边就被"一把手"领导派专人紧急追回来命令她到主桌陪各类所长们喝酒。席间她实在受不了"一把手"酒后痴迷的眼神和众领导频频的举杯，现在好不容易找个借口脱身离席，只身来到餐厅外，一阵江风吹来，刚陪喝的几杯酒在胃里倒海翻江般涌上来直冲头顶，急欲呕吐，又恐不雅，快步向附近一片灌木林走去，不料被老吴盯上，紧跟身后……

灌木丛中，传来高月惊愕的尖叫声："老吴，你喝多了，快放手！"

"好妹子，哥想死你了！你的事就是哥的事，你让哥……"

"啪——"一记耳光清脆响亮！被扇的吴凤明立马酒醒了大半。只见面前的高月杏眼圆睁满脸喷火！平日里温情妩媚的淑女此刻俨然如一头暴怒的母狮！他吓得膝腿酸软一屁股跌坐在草丛中，衣裙凌乱的高月怒冲冲快步奔出灌木林……

这一幕，恰巧被在附近游玩的谷金花等几个女干部看见。高月的一记耳光在西坊办事处扇出了满城风雨。几天后，街道机关里到处风传着她与老吴的绯闻故事，版本情节不一，内容大致相同。

一记耳光也让老吴真正见识了高月的刚烈本色。在西坊同事多年，他先前看到的高月待人温情从未与人红过脸，是个性格柔顺的好女人。老吴一直垂涎她的美貌，这次直觉感到是个能得手的机会。毕竟是职务升迁又能调离街道进入区机关，对一个年近中年的女人来说绝对是千载难逢的大好事。而自己掌握领导意愿又甘愿全力为其拉票助她好事必成，换任何女人都得感恩泣涕，暗中以身报答应该是情理之中。上次下班后与高月"摊牌"是老吴的精心设局，不料被高月机敏逃离。他认为不过是女人的娇羞胆怯所致，而这次的一记耳光，让他彻底看清明白了，这个女人心里根本就没把职务升官调离等太当回事儿，温柔性情的底线是凛然不容侵犯！醒酒后的老吴深感愧疚，无地自容，此后在单位每天上班都惶惶如丧家之犬。

西坊办事处党政"一把手"闻听此事大为震怒，向他汇报此事的下属干部看见他狂躁地将一盒刚启封的"软中华"香烟狠狠攥成碎末！明眼人能看出这是一个人发自内心的极度恼怒！他一反平日里斯文潇洒的领导风范，立即派人将吴凤明找到自己办公室，劈头盖脸狗血喷头痛骂了整整一个下午，什么"道德败坏""下三烂""低级流氓"等粗言秽语不绝于耳，声浪充斥着机关走廊，来往经过的干部们无不惊悸。

第二天上班，"一把手"带领班子成员径直进入老吴的办公室，严厉喝令吴凤明将贴挂在墙上的所有女明星艳照彩画等统统摘下撕毁！"这是堂堂的办事处机关，不是你吴凤明的淫乐窝儿！低级趣味，成何体统？"与老吴同办公室的几位女干部心里痛快了，有些扬眉吐气的同时，也心存诧异，该领导曾多次光临本办公室，从前视而不见，现在刚发现吗？搞笑。

此后连续几次，老吴被责令先后在科级干部会议和全体干部职工大会上作深刻检查。

这些无疑等于给高月的绯闻传言变相平反了，一些议论表面看收敛了许多，但暗里又多了新版本，如"领导在为高月提职舆论造势"……

不久，区委组织部干部提职考核工作启动，邻近的几家街道办事处先后向区委汇报推荐人选。一天下午，西坊"一把手"参加过一个午间陪客酒局后，满面红光回到办事处机关，打电话叫高月到他的办公室个别谈话。这段时间一直暗中关注领导举动的谷金花在紧邻的党工委办公室里贴墙屏息倾听，听不清两人谈话内容，却听到一阵激烈争吵，紧接着就听到"砰！"一声门响，探头门外，见是高月急匆匆摔门而去，衣裙凌乱，脸上似有泪光闪动……

西坊街道党政班子向区委撤回了推荐的拟提职人选，组织部门自然也没到西坊考核。

一段时间过后，高月到区计生局开会，会后，局长梅大姐单独将她留下，关切地问道："小高你单位咋搞的吗？我们局已向组织部推荐你提任来做副局长，可组织部最近才透出话来，说是你西坊党政班子死活不放你走，说什么要留住人才另有重用？"

高月无语。面对关心自己进步的老大姐，她心里很苦却不能言说。

时任西坊党政"一把手"的正是后来的区纪委副书记兼监察局局长国章。

九

老吴被高月"晾"在西坊街道机关大门前，一时有些茫然不知所措，进退两难。

吴凤明申请办理了提前病退后，一晃五年多过去了，其间他很少回单位串门，与高月那件事发生后，他在西坊街道已经声名狼藉，自感在同事中抬不起头，这也是他坚决办理病退提前回家的主因。

今天这次回单位事出有因，自己在西坊街道时的老领导现任区纪委和监察局领导的国章副书记上午给他打电话，约他到纪委办公室谈心谈话。退下来这几年他与国副书记已再无联系。今天的谈话令他始料不及，老领导完全是叙旧唠家常的样子，亲切随和，忆起昔日在西坊共事的日子。老书记谈起在处理他与高月那件事上对老吴的批评言辞过于偏颇严厉，并表示些许歉意，似乎很随意说到没想到高月这女人其实很风骚，听说与多个男人有那种关系，当初自己看人过于主观片面云云。又说最近组织部门准备提拔高月但接到举报正在调查她的作风问题，其实当年江心岛那事，现在分析看，高月急于升官求老吴帮忙拉票，走进灌木林，是她在前，老吴在后，明显是高在有意勾引。

一番话听得老吴像堕入云雾山中，他搞不懂老领导为啥现在提出与当年相悖的看法。后来渐渐明白了国副书记话里的意思：树凭一张皮，人活一张脸。既然现在组织上掌握并正在调查某人某方面问题，作为当年这方面问题事件中的当事人老吴你应该主动向组织部门提供情况，协助上级了解真相同时也还自己一些清白。老吴心里翻江倒海难于平静，按说自己和国副书记在西坊共事时个人交情也算不薄，仅就他总值宿喜好下象棋一事，自己舍身作陪牺牲了多少个人时间半夜归家令老婆猜疑不满，帮高月升职拉票一事自己明明是按他的旨意向高月摊牌示好，不承想江心岛事发竟使领导反目成仇，像是自己踩了他的命根子，大发雷霆之怒！打压自己，抬高高月。现在这又是怎么了？话怎么又翻过来说了？领导者的心思真是难测呀！

国副书记很忙，谈话中不时有下属干部来请示工作事宜。

老吴借机起身告辞，国副书记将他送出办公室直至电梯前，拍着老吴肩头亲切叮咛："不管是你老吴个人家庭有事，还是亲属朋友遇上啥有求政府机关的难事，别忘了给我打电话，咱是多年老朋友了，有事千万别客气。"又很随意轻声提示一句，"这是 8 楼，组织部李部长办公室是 5 楼 516 室。"直至目送老吴走进电梯。

老吴乘电梯下至 5 楼，并没有如老领导给他设计的那样去组织部向李部长反映什么情况，而是在 5 楼走廊里漫无目标地游走了一圈儿，算是给昔日的老领导"一把手"一点面子。因为老吴料想国副书记此刻会盯着电梯楼层电子显示，看见 5 层有停站老领导才能放心。他现在走步行梯下楼直接经门厅走出了机关大楼，来到空气清新的大街上，他长吁一口气，有一种回归自由的舒畅。

经历过几年退休生活的沉淀反思，今天的吴凤明已经不是当年那个被"一把手"领导随意呼来喝去颐指气使的老吴了。实际上从当年江心岛事情发生后他一直对高月深感愧疚，原因不仅是对自己无德非礼行为的悔恨自责，更重要的是当时西坊领导班子经"一把手"提议要以"侮辱女干部道德败坏"向区里打报告请示给予吴凤明党纪政纪严重处分！领导找当事人受害者高月写书面证言材料时，没想到被高月严词拒绝："老吴不过是酒后失态，扯不上什么道德败坏。"最后此事只能不了了之。老吴后来闻悉此事感慨万千。虽然也有人吹阴风，说什么"高月也是怕把事情闹大自己出丑"等，但老吴却深深感念高月的宽容大度特别是人家那颗仁爱的善心。事实是当时早已传言公务员将晋级"阳光工资"，而那年底真就梦想成真落实兑现了。试想老吴如果背了处分，必将与期盼多年的上涨几百元工资失之交臂，他今天休闲在家的退休金收入也将大打折扣。所以，今天的老吴对高月已经从当年领受一记耳光后的敬畏之心升华为感恩戴德。退休前，他曾多次想向高月敞开心扉深刻检讨乞求原谅，但每次不待他走近，高月或转身离去或置之不理。这一次他离开区机关大楼来到西坊街道办事处同样是出于上述心情想与高月交流心曲，但与以往同样，遭遇的是高月的冷眼与拒绝。

送走元旦，滨城一年中最寒冷的日子就要过去了，街路上往昔穿戴严实步履匆匆的行人减去厚装放缓了脚步。中国民俗中最重要的节日—新春佳节即将来临，大街小巷家家户户进进出出的人们脸上绽放着暖暖的笑意，年货市场热闹红火！街里坊间到处洋溢着迎春节过大年的喜庆和欢欣。

行政科长高月正处于年前最忙碌的时段，安排春节长假值班，筹办慰问品并陪同办事处党政领导节前走访慰问本街道离退休老干部、贫困老职工及基层社区低保户等等，还要为办事处机关全体职工置办并发放春节福利。当时还远远没有实施"中央八项规定"，年节假日各单位公款为职工购买发放生活福利即节日消费物品，早已经成为惯例，全国皆如此。所谓福利即俗称"年货"，包括鸡鱼肉蛋油米面、冷冻海鲜、水产品等不一而足，特别是春节大年前物品发放比一般节日更要丰富实惠很多。各单位之间常存在相互攀比追风之习俗，而这大量的购办采买和分发琐事当然是本单位行政后勤部门责无旁贷之重任。高月作为行政科长忙得是早来晚走尚嫌时间不够用。好在单位今年的职工春节福利由办事处主任孙逊联系的一家海鲜水产品专柜供应，每个职工凭单位统一发放的购货卡去该专柜直接领取一份春节福利年货即可，免去了以往单位拉运过秤分发等诸多繁杂环节。当然孙主任与专柜商家之间的运作大家也是心知肚明，因这在其他单位也如是，区里市里都如此。

　　临近春节的某天凌晨2点许，高月家里座机电话骤然响起。铃声惊怵急促透着某种凶险之兆，果然很快就被电话内容验证了，来电话的是高月的娘家弟媳，开始说事时语气还算平静："二姐，小丰出事了。"小丰就是高丰，高月的胞弟。接电话的高月闻言没太着急，因为近年来"小丰出事了"这句话出自弟媳之口已是经常事，诸如高丰聚众打架被警察拘留；半夜酒醉归家砸家什打老婆；在外边找女人鬼混被人堵住打个半死等。每次都是弟媳给高月来电话或报信或诉苦或抱怨，因为在弟媳心里已经看透了丈夫这一家人：公公婆婆从小娇纵丈夫，现在是管不了也不敢管了，大姐高云人老实胆子小心眼也小，只有二姐高月有度量敢担当重亲情，关键时是个依靠。事实也确如她所愿，每次高丰出事，果然都是二姐第一时间出面，或找门路"捞人"或协调关系"平事"，有时还要代高丰给人家敬酒赔礼谢罪，不愧为政府机关的官员，做事既有情有义，能伸能屈，又雷厉风行，干练洒脱。

　　高月对"小丰出事"早已见惯不惊，然而接下来弟媳电话里的讲述却令她心悸不已！

　　"二姐，这回小丰是出大事了，两个小时前他和朋友在歌厅喝醉了与另一伙人为争一个陪舞小姐动了刀子，对方一人当场死亡，另一人重伤现在医院抢救中一刚才是市公安局刑警支队电话通知我的……"

　　人命关天！高月惊愕无语。放下话筒，眼前浮现出弟弟被酒精燃烧得扭曲变形的面容，想到他此时此刻被监管的狼狈惨状，想到等待他的法律严惩，她心疼得滴血。这一次绝不会像以往"捞人"那般简单，人命官司意味着什么？高月不敢往下想，她叫醒了熟睡的丈夫小沈，向他告知情况，俩人手忙脚乱起床穿衣，准备出门，除了对弟弟揪心撕肺般的牵挂，此刻她还对弟媳有一丝隐隐的忧念：刚才电话里她像讲述别人家事情一样镇静平淡，没有哀痛，甚至也没有了以往的幽怨，好像她料定了抑或是早在等待着这一天的到来。

高丰的变化始于近年，随着市场经济高速发展，社会上各类丑恶现象沉渣泛起，父母年事已高，高丰继承接管了父亲的私营产业，成为货真价实的"小老板"。他自幼缺乏文化素养，长成时又逢商品大潮冲击，千万家产在握不免忘乎所以，很快就与社会上小混混们结伙成帮，以朋友多、路子广自诩，整日呼朋唤友纵情于风月场所，玩乐在吃喝嫖赌污浊之中。他从小享乐不知父辈创业积财的艰辛，经常出手阔绰，在团伙奢侈高端消费中全额"买单"已成常态。所以，滨城地面黑白两道江湖上提起"小老板小丰"颇有些名气。父母年老体衰，对从小娇惯成性的儿子早就缺失管控，此时索性来个眼不见为静，分家另过，靠着手中丰厚积蓄，夏住滨城，冬去海南，期度平安晚年。只是这高丰多次酒后滋事闹得自己妻儿心惊胆寒，特别是妻子对他在外嫖娼、找"二奶"早就忍无可忍！高月看在眼里，却也无奈。

这夜凌晨，高月在小沈陪伴下顶着凛冽寒风在空寂无人的街路上迅疾奔走，俩人带着香烟衣物及洗漱用品，沿途寻找弟媳电话中说的办案警方单位，去探视已被刑事拘留的弟弟高丰。然而事与愿违，从那个后半夜起连续多日，高家姐妹和弟媳都被办案警方告知："预审查案阶段严禁包括亲属在内的所有人探视涉案嫌犯。时值隆冬，年逾七旬的高家父母依历年惯例此时正在海南三亚"猫冬"，这也正好使姐妹俩将凶事瞒过两位老人的想法成为可能。

几天后，也在经商开公司的大姐高云借口生意忙不再出头，而弟媳自事发当夜打过电话照过几面后就不再露面了，事后得知那段时间她正忙于房产更名、店铺变卖等财产转移事宜。而面临年关在单位真正忙得脚打后脑勺的高月却在利用一切工作间隙，见缝插针地为弟弟高丰的事不懈奔走，找知情人打听案情；去受害人家赔罪慰问；到公、检、法部门咨询法律节点；一次又一次地去监所探视，尽管人见不着，但衣食物品等后来让送了。

春节将临，单位里的女同事们纷纷抽空去美容美发，喜迎新春，高月却把可利用的时间全部投入弟弟刑案的奔波忙碌之中，整个人瘦了一圈儿，面容憔悴。

"小老板"高丰平日里好友如云，哥们儿成群，前呼后拥，可当他出事儿后蹲监受难之际，这众多的"好哥们儿"却不见半个踪影，甚至连他最亲近的发妻幼子也不靠前，而为他连日奔波昼夜操劳多番亲赴监所上下打点使他少遭苦难的，竟是当年曾被他逐出家门携女儿饿着肚子走进狂风暴雨之中的二姐高月。

区委组织部长李成多年养成的工作习惯是：当月事当月毕；当年事当年结。也就是说蛇年要办完的工作一般不会拖进马年。眼下临近农历新春，辞别旧岁之际，他习惯性反思过去一年的工作，翻阅个人笔记和部门工作记录，以便查找漏项，抓紧最后时间拾遗补阙，力争全年工作圆满，不留遗憾。通过对照年、季、月工作计划目标逐项回顾倒查，一项重点工作未尽事宜立刻显现：按区委要求和组织部工作计划，拟在本区创建"全国文明城市"验收攻坚阶段提拔一批街道主战线副处级领导干部的工作没能圆满完成，计划提任20人，即区属20个街道办事处每个单位1人；最后实际任职到位19人，尚有西坊街道办事处空缺1职，没能到位。

西坊街道行政科长高月的名字再次进入李成部长大脑思维，实际上从前段时间他看了部内干部监督科科长徐萍向他推荐《滨城日报》刊发的那篇《雪地红娘子》"创城"先进人物事迹特写稿后，"高月"这两个字就再次沉甸甸地压在了他心头。接着他陆续听到一些反映，特别是他曾在自己办公室接访过的西坊街道"杂牌军"代表大熊直接向他打电话厉声质问："看报了吗？高科长这样的干部你们不提拔，组织部干啥吃的？睁眼瞎吗！"一段时间里李成部长心理上备受煎熬。实际上当时在该人的提任问题上他是坚持了"保证质量，宁缺毋滥"的干部任用原则的。现在看是不是过于谨慎而偏信一家之言了呢？事后他曾找向自己提供高月存在婚外男女关系情况的纪检委国章副书记再次求证，对方信誓旦旦表示了解此事的大有人在，如当事人退休干部吴凤明等会向组织部证实此事，但时至今天也没见吴的人影，时过境迁，难道还要派人去家访求证吗？显然不能。事过多日也无此必要了。

李成召集干部科长申达、干部监督科长徐萍到自己办公室商量年前要办的几件干部工作。申达说："正要向您汇报，西坊街道主任孙逊来电话请示，说区里其他街道都新提任了副职领导，西坊至今没提任，空缺一个副处职务，干部队伍心态不稳定，请示能否让他们班子补报推荐一名人选，由组织部考察后提任，以利于工作。"李成问："推荐人选是谁？你们干部科什么意见？""推荐人选是他们的西坊党办主任谷金花，我们干部科的意见……"申达欲言又止，细观李部长面容神色，在心里揣度着领导意图。徐萍按捺不住，插话道："谷金花这人不行！我在西坊与多位同志谈话，大家反映谷私心太重，办事处凡遇急难险重工作任务，她肯定感冒发烧休病假，等别人忙过后，她再来上班，这样人若提职，我们将树立什么干部导向？"

李成点头赞同。

＋

春节刚过，大年正月里临江区发生了一起特大火灾，震动全市全省乃至全国，火灾中共有 11 人死亡，20 余人受伤，其中 4 人重伤。灾难发生时间为公历 2 月 6 日（农历正月十一）所以定名为"2·6"火灾。

火灾发生地位于临江区南巷街道办事处辖区一处老旧的居民楼院，是 20 世纪 30 年代建筑，砖木结构洋铁房盖的三层青灰色楼房，四面合围而形成一处矩形楼院，院内四角各有一座木制楼梯呈连续"之"字形各通二三层楼廊并通达楼顶天棚口，楼梯通道为室外走廊，过道宽不足四尺，廊道地板连同扶手栏杆均为木制。由于年代久远，露天楼廊历经半个多世纪日晒雨淋岁月侵蚀，木制走廊楼梯多处腐朽，危险段位被房管部门几次维修拆烂补新。楼院临正街一面开一深幽门洞，两扇黑漆镶铜泡钉大门早已残破不堪，大门两侧原有石鼓一对，"文革"时期被红卫兵"破四旧"砸毁，现仅存石基座残块。据传该楼院最早为民国时期一位富商大户人家的豪宅大院，三层四面青砖楼宇共有大小房间百多套，庭院中曾有过假山亭阁花圃。这处楼院历经足有八十年的历史沧桑，原来的富商豪宅早已沦落为市民混居的大杂院，偌大庭院中满是高低错落的居民煤拌棚、私接滥建的偏厦子、小门斗等。拥挤杂乱，各类后搭建乱盖的仓棚顶上又积压着层层叠叠的木料或杂物。近年一直被列为区、街两级重点防火楼院，同时也被列为滨城市老旧民居重点拆迁改造危房项目之一，只是城建改造资金紧缺等诸多原因而未能付诸实施拆迁改造。居民对此怨气很大，为早日改善居住环境住上现代化新楼房，一些居民先后结队到市、区政府上访，强烈要求政府早日拆迁盖新楼，更有甚者为逼迫促成政府早日拆迁改造竟发展到人为纵火。原来进入新世纪以来，随着社会经济发展，城市市民生活发生巨大改变。楼院中一些老住户陆续搬走，他们中有些人或是儿女发达接走了老人或是在外购置新房合家迁出，都永远告别了这座老楼院。但也有一些人亟须改善居住条件且又经济拮据买不起新房，迫切想通过拆迁改造解决住房困难或得到拆迁补偿款，他们或投亲靠友或在外廉价租房居住，把自家财产家当儿悉数搬走，将老楼院里空出的住房出租给外来打工族或个体商户为库房。这些人白天是群体上访队伍中的骨干，夜晚经常潜回老楼院，院中居民煤拌棚和木料垛连续发生几起火险，引起人们警觉，经消防队和南巷派出所现场勘察初步认定——涉嫌人为纵火。未及展开调查，就发生了惨痛的"2·6"特大火灾！

火灾发生在2月6日夜11点许，正是忙碌了一天的居民们沉入深度睡眠之际，这个时间节点注定了火灾伤亡代价的惨重！起火时间具体是当夜11点的哪分哪秒已无法考证，因为从接到第一个119火警电话12分钟内紧急赶到现场的消防官兵看到的已经是满楼院火光冲天，浓烟烈焰翻卷肆意吞噬着周圈环立的楼梯廊道，院中的煤拌棚各类杂物等已呈火烧连营之势，形成大片火海。楼院居民的惊叫声、哭喊声、呼救声尖厉凄惨，划破夜空，此刻的时间是2月7日零点5分。尽管消防官兵和紧随其后赶到的公安干警、街道干部及邻近居民全力以赴投入了紧急抢险救火之中，但悲剧已不可挽回。巧合的是那夜楼院里刮起了北方城市冬天里罕见的狂猛旋风，风助火势满楼院转着圈呼啸旋飞，二楼、三楼一些住家被大火封住了门窗，四条楼梯通道有两处半被烧坍落架……

火情重大！全市各区消防大队奉命星夜驰援临江区，近百辆红色消防车从四面八方风驰电掣般呼啸而至。火灾现场，市、区主要领导面容严峻与消防总队领导靠前指挥，云梯升空居高临下，高压水枪合力劲射，至7日清晨6点许，随着天光大亮，现场明火被彻底压住并逐渐熄灭。遭灾居民被区里和街道干部组织陆续撤离现场，临时安置邻近的旅店招待所。公安干警封闭现场配合消防专家勘查火灾起因。区街干部组织卫生防疫人员在废墟现场搜寻遇难者遗体，和火灾中受伤的若干居民，同时被急送医院救治的还有在救火中负伤的4名消防官兵和2名公安干警。

清晨7点，临江区委区政府召开紧急会议，部署"2·6"火灾救灾及善后工作。区委主要领导亲自挂帅担任救灾善后工作领导小组组长，下设若干业务工作组，分别承担火灾原因调查、受伤人员救治、死亡人员安葬、民政灾民救济等各项具体工作。责成区委组织部立即在全区抽调若干名处科级干部充实各业务工作组，全力开展救灾善后工作。

散会后，区委书记将区委组织部长李成召至自己办公室，郑重交代："有迹象显示，受灾楼院一部分群众对市区政府拆迁改造不及时积怨很大。这次火灾后有些人正酝酿集体上访，而省里今年'两会'将于2月20日前后在我市召开，极可能有人会借机闹事。市委领导对此极为关注，指示我们：一方面组织消防公安部门抓紧查清火灾原因，给全社会和受灾群众一个交代；另一方面尽全力抢时间做好死难者善后工作，亡者早日入葬安息，是稳定化解各类矛盾的关键，不能给借机闹事者可乘之机。这个工作情况复杂难度很大，必须选派精干得力的干部去完成，你们组织部门有什么具体想法？"

李成道："据我们掌握的情况是，火灾中共有11人遇难，分别归属8个家庭。我们计划以每个家庭为对象分别成立8个善后工作小组，从区属各单位选派8名政策水平高，有处置复杂情况经验和能力的正处级领导干部分别担任工作组长。每组配备懂丧葬民俗业务的民政局干部和有街道居民工作经验的办事处干部。我们想这部分主要选派各街道办事处的处级后备干部，这些同志相对年轻有干劲，工作热情高。另外熟悉情况的灾区所在地南巷办事处干部要全员参加救灾善后工作，分配到各工作小组，每组承包一户亡者家属工作，从做好家属工作到最终善后处理完毕，一条龙服务一包到底，实施责任制，任务完成标准是亡者火化入葬为安。全部完成时限拟定为15日前。"

区委书记沉思片刻，"我同意。我们就是要在急、难、险、重的工作中考察识别干部，同时推进高质量完成这一特殊的工作任务。我考虑你们组织部干部也要参加到善后小组工作中，便于跟踪考察干部。时间紧迫，选派的全体干部要立即到位，集中动员，我要去讲几句话，压担子，提要求。关于完成善后工作的最后时限，我的意见是再往前压，定在 12 日天黑前，这样即使特殊情况要停灵五天的家庭，时间上也足够了。"

两个小时后，被区委组织部点名抽调的六十余名处科级干部到区委会议室报到集中，会议开得短时高效，主持会议的区委领导讲明任务内容，宣布分组名单后，区委书记最后讲话，言简意赅，内容深刻。既是战前动员，又有具体要求，所有选派人员这段时间内与原单位工作完全脱钩，全力以赴投入火灾善后工作任务中，各善后工作小组每天早晚两次定时向区领导汇报本组工作进度和存在问题，遇有紧急特殊情况要随时及时汇报，由区领导协调或拍板及时解决。本时间段内，全区各条战线工作都要为"2·6"火灾善后工作创造条件开放绿灯。会议很快结束，把更多的时间留给了各个工作小组。

8 个善后小组各自迅疾开展工作，首先摸清本组承包的火灾中遇难者家庭情况并立即登门家访（家已名存实亡，火灾现场已成废墟并被公安部门全面封闭，所有受灾居民或投亲靠友或被临时安置在旅社招待所）。因市、区领导有完成善后工作的最后时限要求，各组工作都努力抢前抓早，行动快的小组在区委会议结束的半小时后就在社区干部引领下开始了对亡者家属的走访慰问，给他们带去了政府的救济款和御寒衣物等，询问了解亡者家属对丧事料理的打算和存在困难。

区纪委副书记兼监察局局长国章任火灾善后工作第一组组

长。他带领组员们赶到"2·6"火灾发生地的南巷街道办事处了解情况，刚进楼门，一个漂亮女性的窈窕身影在他眼前晃过，立即吸引了他的目光—白桃。两年前这女人与原南巷办事处主任孙逊的风流逸事他早有耳闻，那时他刚由区直机关党委书记调任区纪委副书记，虽然没有亲自过问这个案子（当然也不够称其为案子，后来由于举报人主动撤回，事情也就不了了之），但这个女人的美艳容貌却深深印在他脑海中。不知出于一种什么心理的驱使，国章副书记突发奇想，他很快做出一个决定，告诉自己的组员们："为便于开展工作，靠前掌握情况，我们第一组的办公地点就设在这里了—南巷街道办事处。"

按照区委书记"每个善后小组都要有一名组织部干部"的指示要求，区委组织部干部监督科长徐萍被分配在第三善后小组。三组负责的这户"2·6"火灾受灾居民境况极为凄惨，三口之家中有父女两人在火灾中遇难。而唯一幸存的女主人又是一位患脑中风后遗症的半身偏瘫病人。

该户居民家住火灾楼院三楼拐角处，家门正对楼梯口。火险发生时，全家已入睡，女儿许多睡梦中被院中人们的慌急呼喊声惊醒！只见窗外满楼院火光冲天，她急忙起床先推醒了半身偏瘫的母亲，帮她胡乱穿好衣服，扶她走到门口，然后冲进里间去唤醒酒后熟睡的父亲老许。破产企业下岗工人老许每天以蹬三轮车为商场送货维持全家生计，每天晚饭中的三两"小烧"白酒是他劳累一天后唯一的享受。今晚因家庭琐事与妻子吵了几句，心情郁闷，晚饭时比平日多喝了两盅儿，他没想到这多喝的两盅儿白酒，真就成了他老许"葬身的毒药"。事发当时面对女儿许多拼命地扯膀子摇撼呼喊，老许醉眼蒙眬，被女儿推拽着勉强倚被坐起，许多大喊着："着火了！快起来！

快走！"催促父亲快起身逃命。她自己又急奔到门口背起母亲冲出家门，沿着已经烧着了的楼梯跌跌撞撞急奔而下，直至楼底，院中各家板棚已烧成一片火海，许多突烟冒火将母亲背到大院外临街空地上，回头看父亲没有跟下来，她没有片刻喘息，立即返身向院里奔去。这个即将职业高中毕业的女孩，发育良好，身体像父亲老许一样健硕强壮，她不顾一切地冲上摇摇欲坠的楼梯直达三楼，正好迎上从家里摇晃着走出的父亲，酒醉的老许刚才被女儿唤醒后，完全没有意识到致命的险境，昏沉沉又要睡过去，是呛人窒息的浓烟使他猛醒，连滚带爬逃出家门，许多扶住父亲，父女俩携手快速奔下楼梯，然而，他们没有想到，此时整座木制楼梯一二楼部位已经被烈火烧断坍塌，伴随着一声凄厉的惨叫，19岁花季女孩许多和她的父亲双双从三楼（老式楼房高度相当于现在五楼）坠落，跌入院中火海之中，随即被同时坍落已烧红的大块大片的楼梯构架压埋。

十一

"2·6"火灾善后工作第三组组长是区民政局长何为东，三组的办公地儿就设在了民政局会议室。区委会议后，何为东局长立即在这里召集了第三组全体组员会议，研究对本组负责的灾难中亡者老许父女善后处置工作具体事宜，很快议定当务之急要先办两件事：

一是家访慰问，即由社区干部引导赴许家唯一幸存者许多母亲王淑珍的灾后临时安置地某旅社，送去政府救济款和慰问物品，当然最重要的是通过接触了解她内心对两位亲人后事处理的打算。据社区同志讲，王淑珍虽然半边肢体麻痹，但头脑还算清楚。目前她最大的问题是承受不了同时失去两个亲人的巨大哀痛，几次欲寻死自杀，曾一度昏厥休克。现在由社区女干部轮番护理，在旅社房间床上静脉输液，她远在大西北甘肃娘家的两个妹妹目前正在赶来的路途中。

第二件工作是配合公安机关通过 DNA 检测验明许家父女两人尸源身份。这场火灾中有 11 人同时遇难，他们的尸体散布在现场废墟中的不同地点，包括许家父女在内的大多数亡者遗体已经炭化焦黑，无法辨认，有的甚至肢体残缺不全。这就需要用科技手段逐一检测，明确每个亡者的遗体身份。由于老许生前是独生子，父母双亡，又没有兄弟姐妹，所以许家两位亡者的尸源身份确定只能循单线检测查找，即从母亲王淑珍身体抽取血样 DNA 检材，在所有遇难亡者尸源中比对查找出其女儿许多遗体。确定许多遗体后，再提取她遗体组织中的 DNA 检材，去比对其他遗体，查找确定其父老许的遗体身份。公安机关的 DNA 检测运行是有时间要求的，整个比对查找过程有周期。作为组长的民政局长老何对此见多识广，颇有经验，所以将此事列为急办，意在抢前抓早，不能因此延误工作进度。要知道大多数善后工作小组只负责一名亡者善后事宜，而他的三组要面对父女两位的遗体善后，况且又是单线检测比对排查需要时间。这老何可是一位责任心极强，工作上从来不甘落后，力争上游的正处级领导干部，组织部门选派这类干部担任善后组长真可谓知人善任，人尽其能了。

老何在小组会上要求全体组员，从现在起全身心进入工作状态，从家访慰问开始，接手对王淑珍的生活医疗陪护并全面照料其生活起居，零距离融入她的身心，直至其近亲属赶到，使其感受到党和政府的关怀温暖。三组人员要对亡者许家父女的丧事料理全过程贴身服务，包括配合公安机关技术测检人员采集DNA检材，验证亡者遗体，火化前为遗体穿衣装殓入棺等，都要多征求王淑珍及亲属意见，尊重习俗，考虑细致，亲力亲为，服务周到。

参会的三组组员之一组织部科长徐萍将老何的要求认真记到笔记本上，她发现自己的邻座——来自西坊街道的处级后备干部谷金花（西坊街道行政科长高月提职过程中被实名举报，虽然最后没能查实问题，但影响了提职，西坊街道办事处的处级后备干部被街道领导班子推荐换成了谷金花，这次按区委要求，谷金花被抽调参加"2·6"火灾善后工作，分在第三组）有些神情不定，听着何为东组长讲的工作内容和要求，她的表情是惊恐不安，有些目瞪口呆，面前的笔记本上是一片空白……

午饭后，当三组成员按上午小组会议计划，准备集体乘面包车去王淑珍住地走访时，开车前，徐萍发现少了一位组员一谷金花。组长老何说："西坊办事处孙逊主任给我来电话，说谷金花同志突发心脏病，刚才去医院急诊，可能得住院治疗，小徐你看，咱这三组，还没出征就战斗减员了，唉！开局不吉利呀。"

徐萍心里像压了块石头，堵得难受。她马上下车，走到稍远处，掏出手机将电话打给自己的领导一组织部长李成，汇报了谷金花的情况并提出个人建议："李部，我个人想法，向西坊街道办事处退回谷金花，要求他们立即改派高月同志到第三组报到。"

电话另一端的李成略一思索，爽声回应："我同意，立即通知西坊街道办事处领导班子，高月同志仍然是处级后备干部，请她尽快到位参加火灾善后工作。放下电话，李成若有所思，半年多时间里，高月的名字多次搅动过这位组织部长的思维神经，虽然褒贬不一，评价各异，但李成部长心理上的天平已经渐渐倾斜。他意识到自己可能误入了偏信则暗的歧路，从对谷金花这类干部品行观察分析看，他感悟到徐萍科长阅人目光的客观真实，而对提职过程中遭遇坎坷沉浮的高月，李成部长内心渐生愧疚之情。

接到紧急通知后，高月第一时间赶到"2·6"火灾善后工作第三小组，向组长何为东报到。

关于"2·6"火灾的起火原因，一直众说纷纭，扑朔迷离。

一种说法是，不慎失火。这个说法基本可以排除，因为现场起火点位于距楼院大门洞最近的一处楼梯附近地面，不在任何一户居民家中或煤拌棚内。

另一种说法是，人为纵火。消防技术部门配合公安机关正在开展缜密调查。

第三种说法是，院中居民燃放烟花鞭炮的遍地碎纸屑中夹有火星，遇风引发自燃，由于院中油毡顶木板棚林立，木料等易燃杂物充盈满楼院，加上那夜罕见的强劲旋风，地面一片火海蔓延殃及木楼梯及二至三楼外走廊，最终酿成惨痛灾难。

持这第三种说法的人数最多，绝大多数是受灾楼院中的居民。他们抱怨的目标直接指向市、区政府，认为是两级政府对这类半个多世纪的老旧住宅楼院拆近改造不及时，楼院内火险隐患多而复杂，防范措施严重缺失，从而导致了这场灾难。

这种观念被人有意识地传播扩散，在民间形成向地方政府追责索求赔偿那样一种舆论氛围，火灾亡者的善后处理面对着一种无形压力，没看见有人在八个遇难亡者的家庭之间串联，更没有人敢公然站出来向政府叫板索赔，但八个家庭之间似乎心有默契，谁都不答应先行火化亡者亲人，八个善后处理工作小组的工作进度连续两天为零，一筹莫展举步维艰。市、区领导要求完成的善后工作时限远没有达到预期。

对于人为纵火，该说法分析论证颇有道理，也被很多人认同。即排除不慎失火的因素外，如是居民燃放烟花鞭炮引发火灾，有两个时间问题节点与实际情况不符合：

首先鞭炮燃放时间不符合。2月6日是农历正月十一，不是北方春节传统习俗中必须放鞭炮的正日子，正日子通常为农历腊月二十三小年这天，坊间称其为送灶王爷上天朝见玉皇大帝，上天言好事，下界保平安，这天晚饭前每家必须要燃放鞭炮的。至于年三十除夕夜和大年初一，那就更是中国人烟花爆竹昼夜火爆连连的传统日子，是一年中所有中国黎民百姓、农工商的最喜庆时刻，放烟花燃鞭炮是人们表达喜庆心情，庆贺新春佳节的主要形式。接下来的初二、初三、初四日也是春节过大年的燃放鞭炮黄金期，自不待言。而正月初五，民俗称其为"破五"是大吉之日，这一天清晨即起，每家门前必燃爆一挂响鞭，以图新的一年从此开门大吉。这之后必放鞭炮的正日子，整个正月里只有正月十五元宵节了。这元宵节又俗称"花灯节"，是中华民族的盛大传统节日，素有"彩灯焰火不夜天"之美誉，可以想象到当晚烟花鞭炮燃放程度的宏大盛况了。除这些正日子之外，正月里还有可能燃放鞭炮的还有初六、初八、初十和十六、十八等日子，均属于商家业户提前在正月（通常情况是正月里歇业不上班）里开门营业或开业大吉，才选择这些带有"六顺，八发，十全"吉祥谐音字意的日子放鞭庆贺以图大吉大利。唯有这火灾发生日的正月十一日既不是正式节日，又与所有的吉庆、喜顺、发财等前后不搭，左右不靠，实在不是一个燃鞭放花的日子。但是毕竟也是在正月里，也许就有院中孩童零星燃放鞭炮，玩闹取乐引发祸端。但这种可能性近乎为零，因这类燃放鞭炮只能发生在居民或孩童晚饭前后闲暇时段，而当天火着起时已是半夜时分，没有谁会在冬天里不是放鞭正日子的夜半三更爬出热被窝去院里燃放鞭炮，玩闹取乐的。所以由燃放鞭炮而引发火灾的推测与说法，在时间节点上与事实不符，难以成立。

其次是火势燃烧时间不符合。事发严寒冬日，即便是木板棚木楼梯油毡纸房盖等易燃物，由于已经过大半个冬天的冰泗雪冻，若没有强力火源助燃是很难在短时间内形成火灾的。据火灾后院中人们回忆，几乎所有人都认定，那火势从初始阶段就是强劲猛烈的，也就是说那火情在很短的时间内迅速蔓延形成大灾的，当人们从睡梦中惊醒时看到的已经是院中形成火海，火舌吞噬楼梯木廊，火光冲天了。简单推理便可得出结论：燃放鞭炮的残余火星是不可能在冰封霜冻的空间环境下短时间达到这样的火势和如此惨重的灾难的。

王淑珍被临时安置在"迎宾旅社"一楼最靠里的一间套房。这是考虑到她本人有自杀欲念的特殊情况而刻意安排的，其他灾民家庭多安置在二楼或以上楼层房间，一楼相对安全而且遇突发情况医疗抢救也方便快捷，但一楼也有一楼的弱项，即房间温度偏低，北方城市楼房冬季供暖，锅炉热气由上而下，底层多为暖气末梢。时值残冬，天气阴冷，所以王淑珍的房间里又被区里干部们添置了电吹风、电暖气、电热毯等，房间地板上电线纵横。

三组人员与王淑珍接触整整两个昼夜了，而这位内心承受着巨大哀痛的中年女人一直卧床不起，她目光呆滞仰视天花板，面容憔悴没有一丝精气神儿。组长老何和徐萍几次以唠家常的口吻向她委婉唠起"亡人入葬为安"的事理，她始终一言不发，像说的是与己无关的事情。老何向区卫生局求援，请来心理医生为她作心理症结疏导，王淑珍面对轻言细语、娓娓而谈的女心理医师仍然无语，最后竟然昏沉睡去，组长老何无奈苦笑，束手无策。

当大家面对冷漠如霜无一丝活力的王淑珍感到失望怜悯，心里略有松懈之际，发生了一件险情，顿时令三组全体同志瞬间紧张起来。

当时看到王淑珍呈睡眠状态，老何召集几位同志在另一房间小声商议工作，猛听见邻室有声响动静，大家急忙赶过去一看，只见王淑珍已经翻趴在地板上竭力向前爬行，左手紧握着一柄家用铁剪刀，正要将剪尖插入地板上的电器插座，众人大惊失色！徐萍急步向前按住她手腕夺下铁剪。大家七手八脚将她扶上床时，听见了自接触以来她说的第一句话，那是发自内心悲鸣哽咽不清的："你们别管我，让我去死吧！"随之是在床上的拼命翻滚，哭喊。她虽是偏瘫患者，但经几年的康复锻炼，肢体恢复较好，生活基本能够自理，只是行动较常人迟缓，能正常活动的肢体力气很大，现在她痴迷寻死不成，大放悲声，好一阵折腾，几个人都按她不住。何组长眉头紧锁，女心理医生却面呈喜色说："这是好兆头，最可怕的是她之前的一声不吭，郁闷憋在心底，我们专业术语叫心理抵抗。现在她喊出来了，哭出声来了，是她心里症结疏通的外在表现，内心积满的悲苦愁情要寻求一个突破口喷发宣泄了！"众人面面相觑，不置可否，只有高月听得专注，心有所动。

老何却不敢懈怠，赶紧张罗着大家仔细搜寻王淑珍身边周围的危险物件，包括火柴、剪刀、改锥及钩针等一应零碎，甚至连一枚细小缝针都不能留置在王淑珍伸手可及之处，以防她再生不测。

鉴于目前这种情况，通过对王淑珍的思想安抚，促进许氏父女遗体火化入葬的工作根本无从谈起，老何心里焦急，脸面上却是神情淡定。好在刚入驻小旅社这套客房当天，乘当时王淑珍还在静脉输液的时机，组长老何悄然安排身穿医护服的公安人员，于王淑珍不经意中提取了她的血液 DNA 检材。目前公安机关对许氏父女遗体 DNA 检测比对工作正在进行，这也使三组的善后工作总算有一方面落到了实处。

当务之急最紧迫的是王淑珍身边必须时刻有人看护，何组长与大家简单商议后，将全体组员分成三班，每班 8 小时实施全天候 24 小时监管陪护。

轮在第一个夜晚的陪护是女干部徐萍和高月。

半夜时分，睡梦中醒来的王淑珍先是抽搐着饮泣，而后突然挣扎着半坐起身，猛地将头向床侧的铸铁暖气片撞去，说时迟，那时快，陪她同睡一张双人床的高月急伸臂膀搂护住她的头颅，之后不及披上外衣光着膀子一个翻身急跨过去，将身子横卧在王淑珍与暖气片之间，彻底隔断了她的寻死念头。

原来这高月入夜后一直保持高度警觉，自从进入三组参加善后工作以来，得知了许家在"2·6"火灾中惨痛悲情，使她内心里对王淑珍的境遇充满怜悯同情。同为中年女人，同为一个女儿的母亲，她与她似乎是血脉相通，息息相关。高月愿意尽自己最大的努力去做事，能为这位不幸的姐妹解除哪怕是一点点的哀痛。白天王淑珍的号啕声声如刀般割裂着高月的心肺！女心理医生的话语点点滴滴进入她的脑海，高月于哀痛朦胧中似乎看见了一线希望。今夜她怕出意外，原想和衣而卧，不料室内暖气升温，她只好穿内衣躺卧于王淑珍身侧，不敢有片刻睡眠，暗夜中一双大眼警觉到身边的异动，同样没有睡意的徐萍置身王淑珍脚下一张单人小床上，闻听动静急忙起身开启灯光，欲上前协助高月……

"啊——"凄厉的惨叫声直冲屋宇，在空寂的夜半时分令人不寒而栗！发出惨叫的是高月，王淑珍愿意被阻止，竟然歇斯底里般疯狂发作，她张开嘴向高月赤裸的臂膀狠狠啃咬下去，殷红的鲜血很快洇染了高月白皙光洁的左臂，徐萍又急又气，扑上床去双手欲强行制止王淑珍，却不料被高月用右手推开，"别管我，让她咬一她心里能好受些……"说这话时的高月已经疼得面容抽搐变形，声音哽咽颤抖！面对王淑珍死不松口的啃咬，高月竟然不推挡，不躲闪，剧痛使她躬身蜷缩成一团。

徐萍惊怔在那儿，区委组织部的干部监督科长头脑中瞬间闪现出关于面前这位街道女干部的许多许多—喃喃叫了声"高姐，"泪水迷蒙……

十二

　　天色大亮时，王淑珍终于停止了折腾，也许是过于乏累了，她头倚着高月的肩膀轻轻发出均匀的鼾声。再醒来时，她看见徐萍正在给高月左臂的伤口擦拭酒精棉，尽管动作极轻柔，高月还是疼得嘴里"咝——咝——"吐凉气，看见王淑珍醒来，高月冲她扮个鬼脸莞尔一笑。王淑珍意识到了什么，挣扎着坐起身，凑近细看高月左臂，只见那白皙光洁的肌肤中一圈扁圆形创口，牙咬齿痕狰狞可见，殷红血迹虽已被徐萍轻轻拭净，但仍有细密小血珠还在渗出，伤口及周遭已呈大片红肿。王淑珍目光中先是惊异，继而思虑回想，最后是悔恨愧疚，她一头拱进高月胸怀里"哇"地痛哭失声……

　　早8点，老何带着接班陪护的同志赶到，在隔壁房间听徐萍汇报了昨夜王淑珍的情况和高月被咬伤的经过，民政局长老何心情沉重，他催促徐萍陪高月赶紧回家休息，顺路去医院诊治伤口，不可大意。同时向街道女干部投去嘉许敬佩的目光，正想着要慰藉她几句，不料高月又提出一个个人想法，让他始料不及，瞬间感觉到这位女干部的素质非同寻常，不仅是传统女性特有的心地善良，而且还心胸宽厚颇有谋略。

　　高月的想法或者说是工作建议："我要留下来继续陪护，我从她的眼睛里看出来一点希望，打铁趁热，对工作会有好处。"

　　徐萍眼睛一亮，马上明白了高月心思，立即回应："我赞同！我也要留下继续陪护，配合高姐做好工作。"

老何略一思忖，郑重点头："也好，同意你俩连续加班，只是医院还是要抽时间去一次。"说到这儿忽然有了新想法，"不！不要去医院了，马上打电话给卫生局，请他们调区医院外科医生来这里给高月诊治疗伤。"

高月连连摇手道："这点伤不算什么，徐科长已经给我消毒上药了，我这人皮实惯了，很快就会好的，何局长这样兴师动众的，我反而有压力了。"

老何一脸严肃，不容商量："这你高科长就不懂了，你到医院去，和医生到这里来，效果绝对不同，弄好了有双重效应！"最后这句话老何说得很有些意味深长。

其实，何局长还有一句话，强压着自己没说出来，这句话代表着作为"2·6"火灾善后工作第三小组组长此刻刚萌生的乐观心态："谁知道哪块云彩能下雨呢，高月这事做得好，极可能沉闷的三组工作局面就此打开了呢！"

"2·6"特大火灾起火原因调查有了突破性进展。

火灾发生后，由公安消防联合组成的调查组夜以继日开展工作，对这起特大火灾的起火原因展开缜密调查。由于发生火灾的楼院及周边整条街，早就被市、区政府列为重点老旧民居改造项目，随时面临拆迁，所以对该地域一直没有实施公安"天网"覆盖工程，没有安装监控摄像设施系统，这使调查工作面临极大困难。调查组只能采取传统老方法，在对火灾现场楼院全面技术勘察的同时，在南巷街道办事处干部引领下，对火灾楼院内住户及周边居民进行了广泛的走访调查。重点调查起火前楼院里有无异常情况，特别是最初发现火情的目击者。

初步排查结果：整座楼院几十户居民没有一家人反映说火灾前出现过异常，既没有外客来访留宿，也没发现院里出现过生人，更没有谁家有人（或孩童）在火灾前那个时间段出门在院里放鞭炮。由于天冷，绝大多数人家晚上 10 点左右就关门睡觉了，极少数人家也都在 11 点前熄灯入寝了。居民们普遍反映，他们看见着火时，那火势已成熊熊烈焰，院中一片火海，也就是说，全楼院上百口子老少居民中，没有一人看见过这场大火是怎样燃起的。

最先找到谈话的是火灾当夜第一个打出 119 报火警的人，这是一位年轻小伙子，住家距离发生火灾楼院不远，只有半条街。令调查人员完全没想到的是，这位第一个打出火警电话的人，竟然并不是最先发现火情的人。面对民警的询问，小伙挠着头发，讲述出当时的情形：

"那天晚上，我和女朋友看完夜场电影，送她回家后，我步行到自家楼门口时，还真看了眼手机，光屏显示：11 点半多了。正要进楼门，一个人慌里慌张向我跑来，喊着'小伙子，快打 119，那边院里着火了！'我看他步态不稳，有些摇晃，到我近前时，我闻到他身上酒气熏天，怀疑他喝醉了说胡话，不想理他，正要进楼，不料他拽住我胳膊猛摇晃，急得大喊'快挂 119！我没有手机，要不……不相信……你快去自己看看，那火着大了！'看他说得真事似的，我才有点相信了，心想不妨去看看再说，结果我急步跑到那儿，只见满院里火光，赶紧挂了 119。"

"那个人呢？就是那个催促你快挂 119 的醉汉，他后来去哪里了？"

"当时我急坏了，又是打电话又是喊人救火，哪还顾得上他。”

"还记得他的相貌吗？大约年龄，身高等等，请仔细回想描述一下。调查人员心里发凉，但还是心有不甘，职业习惯性地又追问一句。

"那人的相貌……嗯……我不会描述，说不上来，这很重要吗？"

"很重要！"看见询问民警严肃的面容和郑重的目光，小伙子意识到了事情的严重性，又狠挠了一通头发，竭力回想："这个人的相貌我有点印象，大约五十岁年纪，中等身材，胖胖的，脸上靠近嘴唇边的地方有一小颗黑痣，像我们常说的'伟人痣'那种。再具体让我说，我就说不太准了，但我从前好像见过他，我说的是这次大火前就见过他，好像是在一个固定的场合，具体是哪儿，我现在一时半会儿还真想不起来。"

调查人员速记完成小伙子的叙述笔录，看他确实想不起来的样子，慰藉并叮嘱他："你提供的情况很重要，谢谢你对我们工作的支持。那天夜里若不是你的报警及时，国家和老百姓的损失可能会更严重，我们代表受灾楼院百姓群众感谢你！今天就谈到这儿，回去好好想一想，啥时要想起那位让你用电话报警的人和其他情况，马上打这个电话，我们 24 小时全天候在线恭候！"说着将一张警民联络卡片递到小伙子手中，那上面印有调查组办公固定电话及工作人员手机号码。

调查组连夜开会研究案情。最先发现火情却不主动报警，而是怂恿别人报警，借口是自己没有手机电话，男子夜半醉酒出现在火灾现场，天寒地冻，是不是借酒壮胆图谋不轨呢？而后见火燃大了祸闯大了，又心虚胆怯想快报警减轻罪恶，不敢用自己手机挂报火警，无非是害怕本人号码信息将被留存到119指挥中心信息数据库中，将来公安追查会给自己带来灭顶之灾，嫌疑人这个思路确是符合客观实际的，可以说预谋准确，因为调查小组正是通过查找119指挥中心火灾当夜收受的报警电话信息而很快找到了那位最先手机报警的小伙子的。

会上，调查组全体成员展开研究讨论，大家纷纷提出了上述疑点，特别是对这位醉酒人怂恿别人用手机报警的借口是"我没有手机"这句话，普遍认为荒唐离谱，令人更加生疑。

当今中国已进入高科技时代，手机通信早就大众化普及。如果说25年前，听说谁谁有了一部手机，大家会感到稀奇；那么25年后的今天，听说谁谁还没有手机，人们会感到更为新奇！

于是作为成年男子的醉酒人夜半行径涉嫌纵火成为大家共识，尽快查找到此人成为当务之急！

会后，依据报119火警小伙描述的该人体貌身高情况，特别是唇边有"伟人痣"这一特征形成文字简报，调查人员在火灾现场周边，重点是火灾本楼院居民中进行了新一轮全面走访排查。两天后的排查结果是：查无此人。

这结果令调查人员感到不可思议，难道此人与火灾楼院确无关联？

此时，以消防总队专业人员为主体的技术勘查组传来消息，经对火灾现场反复勘查，从基本确定的起火点面位置及火焰高度，过火速度等各项数据综合分析，初步判定"2·6"特大火灾的起火原因是：人为纵火。

十三

虽然起火原因有了初步认定，但由于具体作案嫌疑人没有着落，笼罩在人们心头的仍然是一团迷雾。整个"2·6"特大火灾亡者善后处理工作举步维艰，亡者家属与各户对应的善后工作小组之间仿佛横亘着一条看不见的沟坎，难以靠拢，无从交流。

第三善后小组的工作率先一步出现了转机，用三组组长老何的话讲就是"精诚所至，金石为开"，他心里有数，沉闷的工作局面在如此短的时间内得以突破，亏得一个人。

高月扶着王淑珍在房间里踱步，几十个小时形影不离贴身相伴，两个女人之间渐生了一种特殊的情愫。王淑珍曾经几次三番在睡魔中发泄内心的悲苦郁愤，像邪恶的巫婆肆虐着伴她身侧的高月身体，她身形瘦小发病时却强悍凶狠。醒来时看见那一道道被自己啃咬的齿印血疤，心地质朴善良的她又泪眼婆娑悔恨交加。高月身材高挑丰满，面对她的疯狂却柔顺如水，虽然剧痛钻心，却甘愿承受，看得身边的徐萍几次心疼垂泪。每次王淑珍清醒后忏悔痛哭时，高月都不顾自身伤痛，对王淑珍俯首帖耳温情宽慰，软语熨心，情意浓浓。王淑珍哀痛绝望的心中"冰冻块垒"经过一波波暖流回荡冲击，正在逐层消解融化。

王淑珍心里认定日夜陪伴的这位女干部是个可以信赖的好人。

火灾大难突发，一下子夺去她两位（也是全部）亲人，如同晴天霹雳！她转瞬间跌入极度绝望的深谷。楼院中一些邻里居民将造成火灾的祸首指向市区政府的拆迁改造滞后，不作为。也有人借着探望安慰她的机会怂恿她：人不能白死，政府不给个说法，就不发丧！噩梦初醒时，她被今后生存的恐惧笼罩，初始想到的第一念头就是：活着，对自己已经没有任何意义。"哀莫大于心死"，她一次又一次向死亡冲击，然而，周围一双双强有力的手一次又一次将她从死亡线上拉回，特别是与她昼夜相伴片刻不离的这位女干部高月，更是用她的肉身，任凭自己疯狂啃咬，不躲闪不退让，却坚决阻隔了自己寻死的通道。

"好妹子，我知道你心里苦，你咬吧，只要你能好受点，姐不怕疼！"

"姐知道你是个坚强的妹子，在许家这些年，多少沟坎你都闯过来了，这次咱也不怕，咱身后有党和政府哪，姐相信你一定能挺过去。"

"人是总得要活下去的，妹子，你还年轻，今后日子长着呢！"

字字句句，点点滴滴，如涓涓暖流漫入王淑珍绝望痛苦的肺腑，滋润沐浴着她焦虑干渴的心田……

脑溢血偏瘫后康复的王淑珍，肢体虽有残疾，语言表达也略有障碍，但神志思维清楚明白，她久久凝视着面前这位端庄秀丽面容和善的女干部，拙笨的手一遍遍抚摸着她肩头臂膀几处被自己啃咬过的创伤疤痕，大滴泪珠儿夺眶而出。连日来她感受到满屋里围着她忙碌的这些政府干部对自己的关爱和温暖，而面前这女人更是舍身相伴诚心实意地在帮助自己，一双双温厚的手正在轻轻将她托举出绝望悲情的深谷。

坚冰终于融化。王淑珍满面泪光，语言断续，磕磕巴巴地向她最信赖最感念的女干部高月敞开了心扉，一次又一次倾诉着自己心中的悲苦、郁闷和忧虑。

从她由大西北山沟里一户农民家的妹子，因家贫辍学开始，到小县城饭店打工。后来跟着几个甘肃老乡流落到东北，辗转几地最后来到滨城谋生。经先来的西北老乡介绍，进了一家工厂当临时工，先在职工食堂帮厨，虽没啥文化，但为人淳朴实在，工作勤劳能吃苦，同事们喜欢她，食堂领导也关照她，后来得个机会转为正式职工。再后来与本厂职工老许相识，结婚生女，在女儿许多上小学那年企业改制减员，夫妻俩先后买断工龄离厂回家，老许依仗身强体壮长年打零工蹬三轮送货挣钱养家。她在早市街头支个小吃摊赚点小钱补贴家用，实指望在温饱中将女儿养大成人。当爹妈的没文化，这辈子只能这样了，省吃俭用也要供女儿上大学，不承想王淑珍在一次出摊中与食客发生激烈争吵，回家后想不开急火攻心，突发脑溢血，后经抢救虽保住性命，但却落下了半身不遂偏瘫的病根儿。俗话说家贫出孝女，女儿许多从小就懂事明理，孝敬父母，且处事极有主见。从十来岁起就帮母亲打理家务，念初中时就成了家中大事小情的主心骨。母亲病倒后，学习成绩在班里属中等偏上的许多，初中毕业后毅然放弃了读高中考大学的求学之路，坚决选择了读职业高中，意图是缩短学习时间，快毕业早就业，替父母承担起这个家。后来——再后来——就发生了这场特大火灾……

王淑珍泪水伴着苦水开闸放水般向着高月倾泻而来。诉说中，她几度哽咽，伏身高月怀里泣不成声，两个女人相拥而泣。

高月眼中噙满泪水，她紧紧拥抱着这个饱受磨难的苦命女人，恨不能舍全身之力为她分担承受哪怕是点滴的悲怆苦痛。她想到了自己的半生经历，虽也有过波折坎坷，可与眼前的王淑珍命运相比，是多么微不足道。她又想到自己的女儿沈丹，若与刚强勇敢令人敬佩感动的好姑娘许多相比，真就如温室里的花朵，是多么柔弱无刚。

与王淑珍每次心曲交流过后，高月都要找机会向组长老何和徐萍简要汇报情况，同时向他们说出个人感受和想法，"太压抑了，我这心都要碎了，我感觉她现在心理情绪所承受的，是同时失去丈夫和女儿的巨大哀痛。这心灵上的极度创伤，是一辈子都无法愈合的。"

"好在现在她把心里的憋闷都哭诉出来了，走出了寻短见的阴影，但我看这只是暂时的，真害怕她今后再出现反复，我看见她现在的眼神里，除了原有的悲痛伤感，又多了一层忧虑。"

老何听得专注，频频点头："是啊！寻死的念头暂时没有了，活下去的愿望与忧虑同时出现了，解决这个问题的关键在于我们的工作能否到位。"

徐萍说："我们这个组工作的一个主要任务，就是要解除王淑珍今后生活的后顾之忧。"

高月说："两位领导说到我心坎儿上了！这两天我一直在想，要具体做些实事帮一把这位可怜的姐妹，不管多苦多累多艰难，我都不怕，只要能给她哪怕是一点点帮助，我这心里就踏实些。请你们当领导的发话，具体的事儿我去做！"

老何笑了，"这不是你小高一个人的事，让我们大家都来做吧。"他沉思片刻，语气凝重地说道："考虑到王淑珍这一户遭灾的特殊情况，我和区民政局优抚科等相关同志做了专项研究，拟定了一个具体救助方案，已经向区领导汇报并得到领导支持和同意，现在正报请市民政局相关部门待批，你们放心，会有好结果的。"

王淑珍远在甘肃山区的两个妹妹终于来到滨城，她们来自大西北甘肃的偏远山沟。从接到噩耗起，姐妹俩各自辞别家人，带足干粮盘缠，即刻上路启程。从山沟到县城，再从县城到省会兰州，一路上除了山路步行，又先后乘坐了胶轮农用车、拉脚摩托、县里长途客运大巴等，一路颠沛到达省城兰州后，正赶上火车运行春节过后返乡客流高峰期，往东北方向火车票提前预订50天都买不到，而乘飞机则是姐妹俩想都不敢想的奢望，因为即便是单程机票价款，也相当于足够她姐妹俩家山区农户一年的吃喝穿用。姐妹俩在火车站耗了一天，好不容易买到两张站票，上了火车，一路上在车厢过道里被人流拥挤去，累得站不住时干脆就瘫坐在地上。兰州没有直达滨城的列车，中途又转乘一次车，昼夜兼程整整三夜两天，总算到达滨城，下车时，姐妹俩的腿浮肿得几乎迈不开步。

一路风尘仆仆的姐妹俩经社区干部引领，很快赶到迎宾旅社一楼王淑珍的房间，姐妹三人相见，抱头痛哭。

老何和三组的同志心情压抑，大家黯然退出房间，看见走廊地板上两个西北妹妹进门时放下的行李包袱，其中一尼龙网袋中，可见干硬的面馍和瓶装家腌的咸菜……想到大西北山区的贫穷和这姐妹俩一路上焦虑奔波的困苦境况，更觉心中酸楚悲戚。

何组长说："王淑珍老家亲人终于来到了，亲姐妹见面好多家事私情话要唠要商量，我们不宜在这儿再守下去，这几天大家也辛苦了，现在有两个妹妹接班陪护她，我们可以喘口气儿了，特别是高月几昼夜没得休息，现在赶紧收拾一下回家，好好歇一歇，这些天累坏了！"

高月长舒一口气，从那姐妹俩迈进屋门时起，她就感觉轻松了许多，这几天几乎是衣不解带地昼夜陪护王淑珍，她真是又困又乏，身心疲惫不堪，特别是连日来一直没有洗澡，自我感觉身上已有了一股子异味，这对于素有洁癖的高月而言，简直就是一种煎熬。

她在邻室简单收拾一下准备离开，去大房间向王淑珍打招呼告别时，看见三姐妹的眼睛都哭得红肿，正围坐在床边低声商议着什么，闻听高月要离开，王淑珍一下子扑上前，紧紧拉住高月的手不松开，情绪激动涨红了脸，嘴里支吾着："不走——高姐不走。"

老何、徐萍闻声进来，见此情景，徐萍笑着给高月解围："你们三姐妹刚见面，好好唠唠家里事儿体己话儿，高科长几天没回家了，也正好回去歇歇。"

王淑珍连声嚷着："高姐不走——高姐不走——"紧拉着高月，执意不放手。

两位远道而来的妹子也连声挽留："刚才听俺姐说哩，高大姐是好人，是俺姐妹们的亲人哩，俺姐妹三个正有事要向高大姐讨教哩。"

望着三姐妹恳切期待的目光，高月心里涌起一阵热浪。她知道这三姐妹特别是王淑珍确实将自己视为家里亲人了，如此真情实意令她感动不已，怎能因自己坚持离去而冷了人家姐妹一片赤诚热心，更何况眼前正是三姐妹悲切思痛，大事待定的特殊时刻，正需要心灵上的宽慰和相关事宜的释疑解惑。高月向守在门口有些不知所措的老何和徐萍投去一瞥，目光坚定地点头示意后，俯身亲昵抚弄着王氏姐妹凌乱的头发，"妹子们这么看重我，姐姐今天就不走了，不过，两个小妹赶了那么远的路，刚到家，太乏累了，一定要好好歇歇，咱东北这块有句老话'上车饺子下车面'我这就去给你们弄热汤面的外卖，你姐三个先唠着，吃饱睡好后，咱姐四个有唠不完的话。"一番话说得王氏姐三个心里暖意充盈，泪痕纵横的脸上也露出了些许光泽。

组长老何与组织部科长徐萍在"迎宾旅社"一楼走廊里谈话交流。

连续几天，自己三组的组员、街道女干部高月的表现令身为组长的民政局长由衷感叹：当今的体制内干部群体中，特别是处于党政干部系列"金字塔"构架基层的众多科级及以下的小干部群体中，多数人处于一种"领导拿章程，我们跟着干""不求有功，但求无过""工作推着干，天塌找领导"的工作状态，像高月这样不计个人得失，有责任感，勇于担当，又善于谋事的干部可算是凤毛麟角了！他曾经单独向同为自己三组组员的组织部徐萍科长谈了自己对高月的评价和想法："这个干部不错，不知组织部门对她有没有培养计划，我民政局领导班子里可是需要这样能用心干事，善于做群众工作的女干将，正好缺一位副局长，请小徐科长帮我向你们李部长进一言，我这里算是先挂个号。"徐萍笑道："何局长这是要先下手抢人哪。"碍于相关组织工作纪律，她不便对老何局长详谈高月的具体情况，只是半玩笑半认真地说，"这件事我先记住了，有机会时，何组长的指示我一定照办。"这类相当于承诺性质的语言表态，是组织干部工作中的大忌，徐萍却口无遮拦当即应诺下来了。这一方面是她想为高月的进步多创造条件，不放过任何一次可能的机遇，另一方面也是源于她对老何这位老局长的一份敬重。作为区委组织部分管干部监督工作的科长，她清楚区直各处级领导班子选拔任用干部工作中的一大弊病：就是几乎所有区直单位的"一把手"，当自己本单位领导干部职位出现空缺甚至预知即将出现（如有人退休或调离）空缺时，都会想尽办法极力向组织部门推荐本单位干部提任填补该空职，或副处提正处更多时是提拔本单位科长晋升本单位副处，特别是像老何这类年纪到位，自知已经没有上升可能的老牌"一把手"更是热衷于此。当然组织部门自有既定的干部提任调整计划，不可能完全依从其本单位领导班子推荐本单位干部的意见来提任干部，大多数情况下，这类自家领导推荐自家干部"肥水不流外人田"的做法很难达到目的，但这些单位的"一把手"仍然乐此不疲。干部提任事情即使事不成，也要向当事人下属干部交个底儿"你的事，我（们）是尽力了，是区委组织部不同意"，事不成也要使对方感恩戴德，以此增强本领导在下属干部群众中的拥戴度，却把上级组织部门推上招人怨恨的境地。徐萍对这类领导干部从内心里鄙视不屑。实际上这种做法早已不是什么"小团体利益"和简单的"本位主义"，挑明说要害是拿组织原则和干部调整做政治交易以权谋私！可悲的是当今官场这类人与事数量可观。可贵的是眼前这位何民政局长却是卓尔不群，能够出于公正之心，善于发现人才并从工作实际需要考虑向组织部门干部提出用人建言，令徐萍心中感动敬佩。她对区委书记和李成部长深谋远虑，派自己和组织部内干部分别参加"2·6"特大火灾各个善后小组工作的目的和意义，体会感触更加深刻：不仅使自己和部内同志走出机关，经受了应对处理突发复杂事件的锻炼磨砺，更重要的是零距离接触到了组织部门的工作对象—干部个体。譬如局长何为东谋事周密的强烈责任意识和举荐干部的公正无私；街道党办主任谷金花的遇难畏缩，关键时刻临阵逃脱；特别是又一次与高月相逢共事，使徐萍得以从深层次全方位感受和了解了一个活生生真实的高月，这是以往任何考察考核手段方法都无法达到的功效。高月的正派、善良和勇于担当的工作责任感立体化呈现眼前，所有的匿名举报、小道谣言、甚至包括某位领导的所谓证言，目前在徐萍的心目中都已经化为乌有。只是仍有一个疑问他为什么要阻碍高月提职，甚至不惜采取造谣中伤的卑鄙手段？

老何的手机铃声骤然响起！正在王淑珍房间里的高月来电说王氏三姐妹经反复商量，议定即日为老许父女举丧。

十四

南巷街道办事处机关内勤女干部白桃近几天有些坐立不安，她感觉总是有一双色眯眯的眼睛在盯着自己看，偶尔是前面，更多时是侧面甚至是身后。漂亮女人的天性直觉告诉她这个男人专注的目光始终盯着自己的"三点"敏感部位：脸蛋、胸乳和臀部。那目光里透着执着与贪婪，直勾勾地如同利刃正在剥光自己的衣服。她感觉浑身燥热，很不自在，同时又有一种久违了的被男人目光爱抚的兴奋。

"2·6"特大火灾善后工作第一组进驻南巷办事处机关现场办公以来，办事处领导全力以赴配合协助工作。首先在办公条件食宿安排方面予以高标准配置，腾出办事处二楼最好的两间阳面办公室给工作组使用。职工食堂开小灶为工作组服务，考虑到组员们工作忙碌饭口不定准，领导要求食堂厨师24小时全天候服务，保证工作组人员随到随餐，饭菜可口，热汤热水。此外还调派办事处机关内勤干部白桃为工作组联络员，专职负责工作组与办事处之间的信息反馈和协调服务。

其实，善后工作组只是临时性应急工作，街道办事处领导大可不必如此高规格安排，这其中的原因只能意会，不能言传：一是"2·6"火灾发生楼院就在南巷街道办事处辖区之内，官场上有句话叫"守土有责"，这样一场震惊全省乃至中央的特大火灾发生在南巷，南巷的街道办事处党政领导此时是个个心怀忐忑，如坐针毡！且不论最后查实起火原因是何结论，作为地方父母官员的他们都难辞其咎。而这善后工作组是代表区委区政府直接从事火灾后续处理安置工作的，从某种意义上讲，人家工作组可是来替你办事处"擦屁股"做灾民群众工作的，所以作为心怀愧疚的责任方又是东道主，接待善后工作组入驻办公必然是高接远迎高规格，竭尽全力服好务了。二是入驻南巷街道机关办公的是第一善后小组，冠名"第一"相当于八个小组中的"御林军"，特别是带队组长国章同志又是全区正处级领导干部中的领军人物—区纪检委常务副书记兼监察局局长，执掌党纪政纪惩处大权，可以说是位高权重，尤其是目前南巷办事处党政领导因火灾特大事故即将面临组织处分，心虚胆怯，惶惶不可终日之际，对国章副书记兼局长更是比平日又添三分敬畏。谁都明白，关键时刻实权人物的一句话"做糖不甜做醋可酸"的道理，所以不论于公于私，高标准做好对国副书记及一组人员的接待服务都是南巷办事处当前工作的重中之重，且有特殊意义。

国章副书记对南巷办事处领导的用意心知肚明，对他们的高规格安排处之安然，乐于消受。近两年随着年龄日渐临近"到点"退休，他的内心经常会泛起一种难以名状的浮躁，"船到码头车到站，个人私事抓紧办"的念头常常闪过脑海。他在临江区处级领导岗位任职多年，先后当过几个区直单位的"一把手"，管钱管物管人，头脑精明能力过人，为革命工作付出辛劳不少，当官的各种"实惠"也没少搂。但他仍然感觉若有所失，若不是前方仕途上还有个副区（局）级的政协副主席职位诱惑，他也许早就按捺不住自己，要尽情尽兴地挥霍一把官场"剩余价值"了。尽管党的十八大以后，随着中央反腐力度不断强化，有些过头越格的事儿不得不有所收敛了，但已经在官场官位浸润多年，对各种官权"实惠"早已习以为常，甚至享乐成瘾的他，"权力＝私欲＋任性"的脚步是收不住的。眼下像南巷办事处领导的这类破格招待，在他眼里不过是小菜一碟，鸡零狗碎，他乐得安心消受，而且认为不消受是白不消受！年龄增长是不可抗拒的自然规律，每当想到自己退出官场权力中心已经来日无多了，他总有一种无奈与悲凉，更有一种时不我待，要与时俱进充分享乐人生的冲动。

现在连续几天来，国章组长的精神状态正处在一种近年来没有的兴奋之中！

亲自选定南巷街道办事处为自己带领的"2·6"火灾善后工作第一小组工作地点，所谓现场办公只是借口，真正的吸引力是那道在他眼前一闪而过的白光！对白桃这个女人他早有耳闻，也曾经见过面。那还是两年前，在区纪委根据实名举报调查时任南巷办事处主任孙逊与下属女干部男女作风问题的时候，国章副书记当时虽不直接主管案件，但当他得知女当事人白桃曾是部队文工团女演员，是位大美女时，就找个借口到案审室转了一趟，"正巧"看见被约来谈话的白桃，不由心中赞叹：俏丽惹眼，果然名不虚传！从此这女人的美艳容貌就铭刻在他的脑海。为官数十年，与国章同志同代的同类官员中，有人喜钞票钱财，贪得无厌；有人好玉器珠宝，明赏暗敛；还有人爱古玩书画，附庸风雅。而国副书记除同样喜好这上述几宗之外，更偏好美色，且鉴赏品位颇高，自有一套审美标准。这些年每任职一家单位或与其有交集的人事圈子里，先后有数名姿色不俗的美女被他"结交"为异性密友。这人情商过人，工于心计，行男女之事缜密周全，若干年中，暧昧耕耘纵欲不断，却没听说其有绯闻缠身，常在河边走，就是不湿鞋，真可称得起官场色道中采花盗柳之高手。

眼下，自己想往心仪的女人就在近前，国章副书记怎能不心猿意马，情思亢奋！

按区里统一部署和要求，国章副书记为组长的"2·6"火灾善后工作第一小组的工作对象是火灾楼院中遇难的两位老人。具体而言是一对年逾七旬的老夫妻。户主老爷子姓祁，家住楼院的底层那座烧坍架的木楼梯转台里侧两间大屋，灾难发生时，大火封门，家中没有儿孙陪护，熟睡中的老两口在烈火浓烟中被呛醒，祁老爷子翻滚下床挣扎着爬到门口，在烟呛火燎中再没有爬起来，老太太则没能起身下地，就被浓烟熏昏倒在床上。火灾后，人们根据发现两位老人遗体残骸在废墟中所处位置分析判断，这对老夫妻都是先被浓烟呛熏窒息，后被烈焰大火焚烧身亡的。

老夫妻有两儿一女，现在均为四五十岁壮年，都是先后出生于本楼院，早已经成家搬出各组家庭单过。三兄妹分别居住本市两个城区，老人有孙子孙女外孙各一人，可谓子孙满堂。儿孙两代三家九口人却都不和老两口同住，无人照料老人生活起居。只是一年三节（元旦、春节、国庆）中有儿子或女儿带孙辈们来看望一下老人，像是履行一下儿女尽孝的程序，从不过夜，更无长住。火灾之前刚度过的这个春节也是如此，除夕下午，两个儿子儿媳各带孙子孙女来老人家过年，热闹忙乎了半天加一晚上，吃过年夜饭，两家人各自驾车离去，回小家去过自家的春节，留给两位老人的是清锅冷灶和孤独的叹息。大年初三，女儿女婿外孙按风俗回门过年，其情形与除夕夜如出一辙，晚饭后女儿家三口人打车离去。这家兄妹多年如此，遭到楼院里众邻居议论，特别对其中还是本市某机关处级干部的大儿子多有指责。不承想老两口却极力为儿女辩护开脱："孩子们学习忙，大人们单位工作忙，哪有空闲。"可怜天下父母心哪！全仗着老两口身体还算硬实，生活尚能勉强自理一直挨到现在，老迈高龄的老两口在突发灾难中孤独无助，眼睁睁葬身于无情的浓烟烈火之中。

祁老爷子夫妇晚年虽无儿孙们在身边照顾，但两个孙辈（孙子、孙女）的户口却是争先恐后早就迁来落在祁老爷子户籍上了。当时向老楼院所在南巷派出所申请落户的理由，都是为了照顾祖父祖母，现实中的真正目的明眼人都心知肚明。火灾发生后的2月7日上午，祁家三兄妹及家人先后赶到火灾楼院现场，面对灾后废墟满目疮痍，祁家的儿孙两代人面对现场清理的老邻居和街道干部们号啕痛哭，声泪俱下。

当国章副书记带领一组同志将祁家人找齐约请到南巷办事处会议室，正面接触商谈两位老人善后事宜时，祁家兄妹三人脸上已没有了悲容戚色，而是个个正襟危坐，表情严肃，把他们心中的意向打算侃侃道来，话语犀利，颇有锋芒："我家两位老人身体很好，若不是这场火灾活到 90 岁甚至 100 岁都无问题。这场大火完全是你们当地政府对老旧危房拆迁改造滞后，防火措施不到位，忽视百姓生命财产安全所致，两位老人不能白死，你们当地政府不拿出个说法，查找不出火灾责任元凶，对我们祁家老人的火化善后事宜免谈！"

国章副书记点燃一支"软中华"，将自己面容隐没于浓白的烟雾中……

这善后工作果然比他预料的还要棘手！他此刻急切期盼着"2·6"特大火灾起火原因调查工作的进展结果。

十五

正当"2·6"火灾起火原因排查工作陷入僵局时，调查组接到了打 119 报火警小伙子电话，他在电话里的语气急切而又兴奋："你们要找的那个人，就是那个有粒'伟人痣'的人我想起来了！他是我曾经去吃过几次饭的'聚仙楼'餐厅的后灶厨师，我对他有印象是因为那次和几个哥们在那儿喝酒，炒菜里发现了头发，找饭店老板理论，争吵起来，是他从后灶到前台向我们道歉。这是一年多以前的事，我差不多忘没影儿了，

现在回想起来，没错！几天前那场大火灾，鼓动催促我用

手机报火警的就是他。为了保险，我刚才特意骑车去了一趟'聚仙楼'餐厅，偷偷溜进后灶看了一眼，他还在那儿。没敢惊动他，我赶紧给你们打了这个电话。"

真可谓柳暗花明。

调查组同志们精神振奋，立即分头行动，一路直奔"聚仙楼"餐厅，直接正面询问"伟人痣"；另一路外围调查"聚仙楼"单位领导和同事了解他2月6日午夜前后的具体行踪、表现。

"伟人痣"——"聚仙楼"餐厅后灶厨师王喜贵很快被传唤到位。他所谈情况及火灾当夜细节有些出乎调查人员预料，但为揭开起火之谜提供了重要线索。

王喜贵，五十岁左右年纪，胖胖一张圆脸上泛着油光，一对细眯缝小眼下眼袋浮肿，厚嘴唇左下位置确有一粒黑痣分外醒目。面对调查人员的询问，他小眼睛里闪过一丝慌乱，话语中小心翼翼斟酌着字眼儿：

"其实，着大火那天夜里有个……有个情况，我应该……应该早些向政府汇报的，可这两天忙得连轴转，还没顾上呢，这不，同志们就找上来了，嘿……"

"请你详细谈一谈2月6日夜间你个人都做了什么？重点是从晚10点至第二天，也就是2月7日的行踪，具体在哪里？做什么？有谁能为你证明？一定要翔实准确，说谎话或者有任何编造的成分，都是要负法律责任的。"

"是这样的，那天晚上，我们聚仙楼有一份大订单，一个大家族老爷子的'米'寿宴，就是八十八大寿庆典。好家伙，五世同堂，孙男娣女，加上亲朋好友来了足有五百多口子，整整五十五桌台面，可忙坏了我和后灶这帮哥们。从头天备料配

菜起直至 6 日当天晚宴开席，晚上 9 点多才算忙完，后灶十几位哥们坐下来小酌了一把，算是解解乏儿犒劳自己一下。我是后灶大厨，干活儿时总是吆喝大伙，喝酒时当然也得像样儿，所以比别人就多喝了几杯……"看见调查人员面对自己耐心倾听并一丝不苟地作笔录，没有因为自己啰啰唆唆的开场白弯弯绕而面露丝毫厌烦神色，"伟人痣"紧张的心态放松下来，抿一下厚嘴唇继续说下去：

"那天晚上喝完酒，从单位往家走的时候，差不多有 11 点 15 分了，平日我都是坐公交车上下班的，离家两站地。那天太晚了，公交车早收车了，好在不太远，驾步量吧，正好消食儿减肥。走到后来着大火的那个楼院附近时，我这肚子鼓胀鼓胀的，那晚啤酒灌得确实太多些了，尿憋得难受。我想起来那个楼院常年没有院门，可有个大门洞，门洞里边挺宽敞又挺黑的，这半夜时候了肯定没人，我正好在那儿方便一下。走进门洞时，我看见有一辆双轮摩托车支停在那儿，还'突——突——'打着火，近前无人。当时我还想，这车主也忒他妈的心大了点，这类烧油的摩托车，遇个坏小子骑上踩油门一溜烟儿就偷跑了，追都来不及，当时没在意，现在回想起来，这就是特殊情况，想向你们重点汇报的。进了大门，我面朝门洞大墙'方便'，这泡尿我尿得好长好痛快！尿了足有一分多钟，正在这时，我觉得左侧面漆黑夜色的楼院里突现一大片亮光！急扭头一看，院里空地上腾地蹿起一丛大火苗，足有院里板棚那么高，附近的木楼梯转角平台被火光映照得如同白天一样，我正惊怵，冷不防被从院里急奔而来的一个人猛然把我撞倒在地上，那人急慌慌地，他可能没想到这黑门洞里半夜时分还会有我这么个人冲墙'方便'，他也一愣怔！根本没理睬倒在地上的我，急步冲到院门一侧，跨上那辆一直'突——突——'没熄火的摩托车'嗖——'地驶入黑暗的街路上。"

几位调查人员迅速交换目光，紧盯着"伟人痣"追问道："看清这个人模样吗？记住点什么特征吗？"

"没法看清楚，火光在他身后，我看到的就是一张黑脸，五官眉眼模糊不清，而且就是一愣神的工夫，他就骑上摩托跑没影儿了。"看见调查人员有些失望的神情，他又补上一句，"不过，在这家伙和我撞碰接触那一闪身的工夫，我闻到他身上的一股强烈气味。"

"什么气味？"

"汽油和机油的混合味！"看到对方高度关注的目光，"伟人痣"颇有几分得意，不无卖弄地说下去，"我说过我那天是喝多了点，但没喝醉。作为名牌餐厅的后灶大厨，我这鼻子嗅觉可不是白给的，我们餐厅也有几个伙计骑摩托车上班，常带着一身难闻的汽油味进后灶，没少让我训斥。后来的情况你们都知道了，我看那火太大了，心里害怕，沿街跑着找有电话的报警，好不容易碰上那个小伙子催促他挂了119，我不是没有手机，而是几天前丢了手机。那几天连班忙乎那位老爷子寿宴，一直没顾上去买，后来消防车来了，警察清理现场，我就回家了，一觉闷到第二天8点多，上班差点迟到。"

厨师"伟人痣"以上一席话及他本人在"2·6"火灾当夜的行踪轨迹，经与其单位领导及后灶同事谈话核实，基本属实。他指认的起火点距离大院门洞与院内楼梯之间的方位和消防部门技术勘察组测定位置大致吻合。他陈述的细节内容印证了此前消防部门现场勘察得出的"人为纵火"的结论。

线索迅速上报反馈，根据市领导指示，调查组将已经掌握的线索及相关情况移交公安机关立案，成立专案组，全力追查"2·6"火灾纵火嫌疑人。

追查目标锁定在"成年男子，身体较壮，熟悉火灾楼院的地形环境和居民作息时间，有纵火犯罪心理动机，本人拥有摩托车"这样一个范围。追查对象突破该楼院现有居住人口的局限，延伸扩大为曾经在本楼院居住过，与民宅动迁改造有切身利益关系的人。南巷派出所启动住宅承租登记及人口流动网络，经核查并立即调出该楼院近五年中迁入搬出的居民统计数据，一长列详细名单中基本符合上述条件的有七人，经排查其中四人为电动摩托车，另三人拥有燃油摩托车者之中：一人去年夏天因车祸致残，不具备作案行为能力；一人在两年前因病死亡；另外一人其特殊经历及现状引起专案组高度关注。

刘玉功，男，44岁，原为火灾楼院老住户，年轻时曾因诈骗罪被判处有期徒刑两年零六个月，刑满出狱后混迹于社会，又有过赌博案底，后来据说他是炒股和投资基金赚了大钱。三年前在市中心购置商品房后，全家四口（刘和老母、妻子、儿子）人搬出老楼院。刘本人接手一家私营小企业当了老板，因经营不善，小企业于去年破产倒闭，该人以厂房设备抵押的银行贷款和私人借款合计近百万元逾期难以偿还，被债权人起诉至法院，法院判决限期偿还。他在火灾楼院底层有私产房屋三间，其搬走后住房腾空出租给一位南方批发商做小百货库房，后来南方客商提出该房屋阴潮致货品发霉，坚决退租了，这三间老房一直闲置至今。经调查，企业倒闭，官司压身，负债累累的刘玉功两个月前与妻子办了离婚手续，理由是当今社会最常见的感情不和。他安排同在本市居住的妹妹将老母亲接去赡养，现住商品房归属妻子儿子名下，他自己净身出户。据传他只骑着那辆心爱的片刻不离的"本田—125"摩托车，搬出去租房独居了。

刘玉功纵火犯罪的疑点直线上升，专案组很快查明该人租住房现地址，但是当刑警赶到那里准备对该人实施拘传的时候，却发现已经人去屋空。据住在对面房屋的房主讲，租房客名叫刘玉功，本年初元旦后入住该房，租金预付半年，却于三天前清晨突然不辞而别，不知去向。

"请你尽可能详细地谈一下他当时的具体情况。"

"头天晚上，啊不，准确说是半夜时吧，老刘骑摩托车回来的，动静挺大，我记得很清楚，我给他开的院门。第二天早晨我听见他在屋里看电视，正播放本市早间新闻。之后，他急匆匆骑摩托走了，电视都没关，也没和我打个招呼，再没有回来。"

三天前即 2 月 7 日清晨，也就是"2·6"特大火灾发生后的次日清晨。

案情昭然若揭。这个刘玉功有重大嫌疑！时间细节证明，他从纵火现场骑摩托车回到租住房时，还不知道事情后果，他纵火的本意可能只想造成居民混乱恐慌，向政府施加压力尽快拆迁改造楼院，以使自己近期尽快能拿到巨额拆迁补偿款，以实现个人经济上逆转，咸鱼翻身。从目前看，这是他摆脱危情困境的唯一途径，虽然是铤而走险，但也只能舍身一搏。可以推测，该楼院火灾前发生的几次小火警，极可能也是此人所为，未被查出，心存侥幸，身陷困境急于摆脱，于是再次狗急跳墙。

只是他万没想到这次纵火竟赶上罕见的狂烈旋风，会引发特大严重后果，当他早起看到电视播发本市早间新闻时，惊悉那老楼院经自己引发酿成了特大火灾而且有数人在大火中丧生，方知自己闯下了塌天大祸！顿时魂飞胆破，于是仓皇逃窜。

公安机关立即全面布网，启动对滨城市"2·6"特大火灾涉嫌纵火犯罪重大嫌疑人刘玉功的通缉追捕。

十六

许家父女的丧事如期举行。

殡仪馆告别大厅，哀乐低回，雄浑沉重的乐曲低泣如诉，如波涛起落冲击着参加吊唁人们的心扉。

老许和女儿许多的遗像，一大一小，黑框素颜，并列摆放在大厅正面灵台居中位置，父女两人的遗体对应他们的遗像分别安放在装有金属滑轮的灵棺中，遗体上覆盖着缟素洁白的帷幔罩单，周围布满鲜花和松柏枝叶。大厅两侧摆放着参加吊唁的单位和个人送来的花圈及挽幛。这灵堂和场景是老何、徐萍带领三组的同志头天下午精心布置的。

父女两人的遗体特别是面容部分已呈焦黑炭化，是三组的同志们在头天晚间协助殡仪馆工作人员为爷俩逐一整容，装殓入棺。整个入殓过程肃穆、庄严、一丝不苟，偌大的停尸房里空旷阴冷，空气仿佛凝固了！阴阳两隔生死反差的氛围压抑得大家透不出气，即使是对这种场面司空见惯的民政局长老何，面对少女许多的遗体遗容也禁不住惊骇悲怆，热泪潸然。为了避免给参加丧事吊唁的人们特别是王淑珍等家属带来感官上的强烈刺激，老何与三组同志们研究后，又做通两位甘肃妹子的工作，决定吊唁中不安排遗容观瞻事宜，将遗体遗容掩盖在罩单之下，为防备王淑珍可能出现的执意要看遗容的冲动，事前指派两名身体壮实的社区女干部协助两个妹子在吊唁中不离王淑珍左右，重点看护。

为父女俩装殓完毕时已近夜半时分，为防止次日吊唁过程中有风拂动掀起覆盖遗体的罩单，徐萍、高月又用细线将罩单与褥单细致缝合成一体，做到万无一失。

事毕离开时，老何和三组同志们向盛殓着老许父女的遗体灵棺深鞠一躬。

今天来参加遗体告别仪式，为许家父女送行的人很多，几乎站满了整个大厅。他们中的绝大多数是火灾楼院的老邻居，没有人刻意组织安排，他们全都是得到许家发丧的信息后互相通知自发而来的，有的甚至是全家老少数口人全员到场。平日里也许看不出他们与许家有什么特殊的人情来往，但北方人重感情重情谊的特点是蕴藏在心里，落在实事中，更何况这一场突发灾难一下子拉近了楼院中邻居间心灵上的距离。许家在本市没什么亲属友人，丧事中担当接待招呼和忙前跑后引导张罗的都是三组的同志和社区干部。组长老何带领徐萍、高月恭身侧立于大厅入口处，代表家属向前来吊唁的每位来宾躬身致谢，他们身后的工作人员给人们逐一佩戴上白色小纸花。人们视这些政府治丧干部为许家亲人，把内装50元、100元或200元的信封纷纷塞到三组干部们手里，衣袋里，这是工作组同志们始料不及的。老何急忙叫人找来一个硕大的纸壳箱置放在门口，指派三组的两位干部专职监管，引导人们将对亡者及家属的每一份"心意"投入其中。老楼院里的居民大多数是低收入的城市贫民，特别是遭受这次火灾后，他们中的许多人失去了家财住所，经济生活已经自顾不及，但是仍要拿出一份心意给比自己更艰难的亡者遗属，数额虽小微不足道，却蕴含着邻里深情和人性的光辉。

那些投入纸箱中的大大小小的信封上几乎都没有署名。

大厅里，肃立在吊唁队伍最前排的是临江区委、区政府的全体党政领导。

早在两天前的晚间，在区委每晚例行的"2·6"火灾善后工作会议上，三组组长老何向区领导和参会的其他善后工作组组长通报了对亡者家属王淑珍开展工作情况及对许家父女丧事善后工作的具体安排意见。区委书记率先讲话，对三组的工作成效予以充分肯定，对丧事安排意见表示认同，认为总体上周密细致可行。说到此，区委书记面容凝重，声音沉痛："我代表区委向与会的各位提一条工作要求，我们临江区全体区级党政领导和每位善后工作组组长都要去参加这个吊唁仪式，为在'2·6'火灾中遇难的许家父女送行！不仅这次，今后一段时间里，火灾中遇难的每位亡者的悼念仪式，每位区级领导只要人在本市，都要放下工作去参加，去为死难者送行。教训惨痛呀，同志们，不管是人为纵火还是因防范不到位造成的失火，我们这些地方领导干部特别是作为全区第一把手的我本人，都负有不可推卸的历史罪责！面对火灾中丧失的十几条鲜活的生命，我们愧对党的信任和委托，愧对养育我们的父老乡亲居民群众，在接受上级对我们的组织处分之前，让我们先从思想上深刻吸取血的教训，每参加一次悼念，就是对我们心灵上的一次鞭笞……"

吊唁仪式开始，哀乐声中，临江区党政领导们胸佩白花，垂首肃立。区委书记率先带领身后的干部们逐个缓步上前，向着"2·6"火灾中遇难者许家父女的灵棺鞠躬，再鞠躬……

一阵凄厉的哭喊声划过沉默肃穆的空间，职业高中数百名师生从后面潮水般涌向前面灵位正台，快步疾走在前面的是遇难女孩许多的同学闺密，这些职高女学生们手捧白纱环框的许多遗像，一个个哭得泣不成声，"许多——我们想你——"她们扑上前围住许多的灵棺，呜咽哽噎大放悲声，引发全场一阵共鸣，特别是前来吊唁的老邻居们想起女孩许多的生前往事，想到她遇难时的孝行义举，想到她正值少女花季，人群中原有的嘤嘤低泣瞬间爆发为一片号啕悲恸。

紧随学生们身后走来的是职业高中学校领导和教师们，他们面容悲戚，步履沉重，几位男老师合力撑举起一道挽幛，宽幅黑布上八个白漆隶体大字，赫然醒目：

"孝女许多全校楷模"。

人们泪眼注视，品味内涵，悲声又起，哀痛与悲怆回荡于整个吊唁大厅。

根据"2·6"火灾遇难遗属王淑珍家庭及本人的实际情况，由善后工作第三小组研究上报的社会优抚救助意见，经市、区两级政府批复同意，由民政优抚部门对王淑珍实施全额终生救助补贴。救助补贴金额相当于本市职工人均工资收入标准。每年由政府财政拨款，优抚部门按月向王淑珍本人支付。鉴于目前王淑珍身体状况，市民政部门特批将其送入市第一福利疗养院，该福利院条件优越完备，有专业人员指导康复锻炼兼生活护理。主管部门特批其入住，费用由其救助补贴款中支付，尚有余额由王淑珍用于个人零用支配。此方案虽好，但王淑珍不愿接受，一是不想再给政府添麻烦；二是怕自己在福利院生活不适应。两个妹子极力想带姐姐回西北老家度过晚年，由她们及孩子照料王淑珍养老生活。经老何与上级部门协调，最终顺应王氏三姐妹意愿，决定将王淑珍救助补贴款每月按时给她汇寄甘肃老家地址，并同时告知她，火灾楼院恢复重建后，政府将补偿她一套新住房，面积会等同或略高于她原有住房，产权属于她本人私有，新楼建成后安置住房时，将提前通知王淑珍，房产或租或卖或回来自住皆由她个人做主。

按照王淑珍的意愿，三组的同志将许家父女骨灰盒在殡仪馆办理了临时寄存，待三姐妹启程回西北老家时，将携父女骨灰同归故里入葬为安。至此，临江区"2·6"火灾第三善后工作小组的历史使命已经基本完成。老何和三组同志带着全组人员的自发捐款共计4500元到迎宾旅社王淑珍房间与三姐妹道别。历经磨难的王淑珍现在已经有些走出心灵巨痛的阴影，她言语磕巴却情真意切地表达了对政府、对工作组特别是对高月的感恩之情，紧握着高月的手许久不愿松开。最后三组同志离开前，她执意要两个妹妹扶着她将大家一直送到旅店大门口，满面泪光，感激涕零，依依惜别。

迎宾旅社门前空地上，三组组长老何召集大家开个小会，他向自己的组员们宣布："从现在起，给大家放假两天，先回家休息待命，区里有啥事儿我顶着，需要大家时，我会提前通知各位。同志们这段时间太劳累了，我感谢大家。实践证明，咱三组不简单，给区里解决了火灾中最苦难受灾户的善后丧事，给工作开了个好头。我老何有个多年惯成的传统毛病，每当工作上取得点成果时，总要开怀畅饮庆贺一番，但是这次不行，现在我们心情都不好，这样，过段时间我个人请全组同志喝酒，咱挑最好的馆子，你们只管点菜，我只管买单，一言为定！散会。"

天空碧蓝如洗，地面上残雪正在融化，今天真是个难得的好天！高月仰面晴空长吸一口清新的空气，连日劳累，恍然有隔世之感，她深觉身心疲惫，正要走下街路，身后的徐萍快步赶来。

"高姐，你准备哪里去？"

高月驻足，莞尔一笑："猜猜看，一块说出来，看咱姐妹俩是不是想到了一起？"

没有片刻犹豫，两位女干部男人式的当街击掌，异口同声："我们去洗浴！"

十七

许家的丧事办完后，带来了连锁效应，火灾楼院的居民大众从许家治丧的过程及对王淑珍的妥善安置，感受到政府对灾民的温暖和诚意，加上重大纵火嫌疑人刘玉功的暴露，人虽还没抓到，但起火原因已经真相大白，人们心里的抵抗情绪悄然化解，几户火灾中的死难者家属开始配合各善后小组工作。因为大家心里都清楚，谁家难也难不过人家王淑珍，还有什么脸皮与许家攀比呢？于是继三组完成任务后，二组、四组、五组等善后小组对应负责的火灾死难者家庭在政府帮助下相继举办丧事，告别亲人，火化入葬……

俗话说："林子大了，啥鸟都有。"八户亡者家属中还真有脸皮厚的，拉开架势向政府要赔偿，咬定"火灾发生是区政府忽视民生安全，消防措施不落实，危房拆迁改造滞后导致"不松口。而这一户恰恰是八户死难灾民户中唯一的直系遗属长子是国家干部身份的老祁家。

负责祁家火灾中死难的两位老人善后事宜的是第一工作小组。连日来，身为一组组长的国章副书记心急火燎，眼睁睁看着以老何为首的三组一马当先解决了难度最大的许家善后工作获得一致好评，而且在三组带动下，紧接着其他小组也陆续加快工作步伐，几天内相继做通了所承担的火灾死难亡者家属工作，并帮助他们为亡者办了丧事。按照区委先前动员会上"以帮助受灾家属料理亡者遗体火化入葬为完成工作标准"的要求，意味着其他小组已经完成了区委交付的工作任务，而自己带领的第一组竟被甩在最后，恰恰成了倒数第一！这局面使自认为全区正处级干部头把交椅又兼副区职后备干部的国章极为尴尬，深感颜面扫地。

今天，他再次安排约祁家全体家属见面，继续商讨为两位遇难老人治丧事宜。国章特意吩咐负责联系通知的组员，对祁家长子祁家辉必须通知到本人，要求他一定要到场参会，不得再借故缺席。对这位祁家遇难老夫妇的大儿子—本市经济贸易局的处长祁家辉，国章内心极为恼火。这是一个圆滑世故的老油条，已经几次借口工作忙脱不开身，不来参加商讨，只是将他的弟弟妹妹等推到前台与善后小组交涉周旋。实质上他才是祁家所有人的主心骨，与善后工作组提赔偿条件，如火灾楼院恢复重建后要给祁家增加一套住房，由政府给祁家现待业的孙辈孩子安排有正式编制的工作等，幕后的操盘手都是这位祁处长。

对这些祁家提出用以作为两位老人火化入葬前提的所谓条件，国章和组里同志认真研究并向区领导做了汇报。一致认为不可思议甚至荒唐可笑，令人深思的是同为一场突发灾难的受害者，另外七户普通百姓家庭虽说最初都有抵触心理，但毕竟没有谁向政府提出过什么条件，现在都已经平和地接受了现实，料理完亲人的丧事了。唯独这有身份有地位应该也有一定政策水平的祁家长子却逆向而为提出如此条件。有的同志说，正应了毛主席老人家那句名言"高贵者最愚蠢"还有的说，这是典型的私欲熏天，借老爸老妈遇难机会，公然向地方政府叫板，谋求私利。研究议论时组长国章嘴上啥也没说，脑子里却高速运转，汇集大家的想法和见解，梳理成自己的行动思路，于是就决定了这次与祁家人的约见安排。国章副书记下决心要对祁家老大施以颜色，来一场图穷匕首见的攻心谈话，全力突破，扭转被动局面。

南巷办事处二楼会议室临时被用来作为善后一组与祁家人的约见会面场地，矩形房间中摆放着长条会议桌，祁家遇难老夫妇的次子、女儿及女婿与善后一组的三位干部隔桌相对而坐，只是两侧双方中间的主位置暂时空缺，那是留给一组组长国章与祁家长子祁家辉的座位。如此形同外交场上谈判一样的约见会谈，在这间会议室里已经上演多次，议题只有一项：祁家遇难老夫妇的后事处理。然而每次商谈都无果而终，后两次更因为祁家辉的缺席半途而废。双方至今谈不拢的原因是代表政府的善后一组不接受祁家提出的条件，即两位老人火化前政府方必须做出承诺解决祁家新增住房面积和孙辈两人正式工作就业问题。这实质上等同于变相向政府索要赔偿，变相要政府承担火灾造成的经济责任。对这种近乎无理取闹的要求和所谓条件，以国章副书记为首的第一善后小组理所当然坚决予以拒绝。

今天的预定约见时间已经过去半小时了，祁家老大祁家辉才姗姗而至，迈进会议室，立即向善后小组同志躬身致歉："来晚了，让同志们久等，对不起，不好意思。"胖脸上笑容可掬，正要走向自己的座位时，善后小组组长国章斜披着军大衣踱进会议室，扫一眼端坐会议桌前的祁家老二及妹、婿三人，没有半句寒暄客套，开门见山直言说道：

"各位想必已经知道了，截至昨天上午，'2·6'火灾中有遇难亡者的八户家庭，已经有七户相继办完了遇难亲人的后事。现在遇难亲人遗体还在殡仪馆冰柜冷冻没能入葬为安的，只剩下你们祁家的两位老人了。"说到这儿，慢悠悠点燃一支"软中华"香烟，目光透过烟雾扫视着祁家诸人，果然不出预料，有些惶然无措的老二及妹婿都将探询求助的眼神儿投向刚落座的老大，而后者笑容依旧浮在胖脸上，看不出一丝不安。

"我们今天在这里的会面，是代表区里帮助你们祁家商谈两位老人善后事宜的最后一次，不论结果如何，我们的工作使命已经结束。按上级指示，本善后小组立即撤回区里，你们祁家两位老人的后事，我们不再奉陪参与了，今后相关事宜请你们直接与殡仪馆商洽。顺便通知你们，从后天开始，区里将不再承担你家两位老人遗体在殡仪馆冷藏间的冷冻保管等费用，迄今为止已经很照顾了，该费用理应由你们家属承担。我了解了一下，现提示各位，两位老人遗体在殡仪馆冷藏间冷冻及管理费用是按小时计费的，每天大约折合 600 元至 700 元。"

国章面容冷峻，话说得语气平淡，却字字有力。祁家人有些慌乱，几个人交头接耳窃窃私语，只有祁家辉还算镇定，他眼睛狐疑地逐个扫视对面而坐的每个善后小组干部脸色，似乎以此来判定国章所言虚实真伪。只见善后小组人员个个神色淡定，面容严肃，心中更加狐疑，他将目光最后落在国章脸上，讪讪说道："国组长，既这样，我们何不坐下来认真深谈一次呢？"

国章心里正等着他这句话。立即回应道："好哇！我也正想与祁大处长单独深谈一次呢！"煞有其事地抬腕看表，"现在正有时间，请到我办公室谈吧。"言罢，不容对方犹豫，径自起身耸肩理顺歪披的军大衣，头也不回大步向门口走去。

祁家辉瞬间一怔，他本无意与国章单独谈话，几次借故不到或有意迟到都是为回避与国章单独面对，他在党政机关工作多年，深知纪检委副书记、监察局局长是个厉害角色。自家老人的后事料理中，他和弟妹等向地方政府提条件，总是怂恿弟妹们上前，自己隐身幕后，确实因为心里发虚。不料刚才一句话被国章抓住话头钻了空子，他话里本意是我们双方坐下来深谈一次，却被国章立即引申为"我们俩人单独深谈一次"，而且不容他有片刻解释余地，立即表态同意马上起身，这使他身陷尴尬境地，敏感想到这国章是表面刻意装听不懂实则引他上套，但如果自己不随他去谈，岂不在众目睽睽之下大跌身价让人视为心虚理亏？特别是自家弟妹们会怎么想，平日大哥你总是让我们冲到前台寸利必争，眼下轮到你了。眼见国章已经走到门口，祁家辉心里明白，自己已经无路可退，只能硬着头皮起身尾随跟上。

国章作为善后一组组长的单人办公室与会议室相邻，同在南巷办事处机关二楼阳面。

祁家辉从迈进这间办公室第一分钟起，就感受到一种令他窒息的压力！先他进门的国章已经落座于室内唯一的一张宽大写字台主位，写字台侧位端坐着一位面容姣好的女干部，国章向他介绍，这是本组干部白桃，负责这次谈话的记录存档。

让非善后小组内核心人物的白桃参与谈话记录，是国章本人的刻意安排。心理学理论中有段名言，极富哲理，男人只有在自己心仪的女人面前，才能激发出最大能量的才智潜能，才能促使雄性荷尔蒙的功效发酵至极致。今天，国章下决心要压倒并制服祁家辉，并为此做了充分准备，他要利用这个契机，公私兼顾，既要拿下对手祁家老大，完成善后工作任务，更要让白桃——这位令他垂涎多日的美女见识自己治人的手段和能力。

国章耸耸肩臂抖落军大衣，然后舒适地仰坐在皮转椅上，伸手示意："祁大处长，请坐吧。"语气中透着毫不掩饰的讥讽和轻蔑。坐哪里呢？室中央位置，正对着写字台两步远孤零零摆放着一把简易电镀折叠椅，显然这就是祁大处长的座位了。

简直是欺人太甚！这哪是什么单独谈话？这架势俨然是纪检机关审案子、问口供、取笔录的布局场面！祁家辉坐也不是，站也不是，不由心中恼怒！正要发声抗议，只听见国章又一句问话更加傲慢无礼，似沉雷在耳畔炸响：

"请问祁家辉处长，你是哪一年加入的党组织？"

"笑话！"祁家辉一声冷笑反唇回击，"我也请问国组长，我个人什么时候入党与我们今天谈话内容有何关系？何必吹毛求疵。"

"关系重大！"国章突然发火，拍案而起。动静之大，将侧坐记录的白桃惊得花容失色！国章要的就是这效果，他怒目祁家老大，语气铿锵尖锐，"2·6"特大火灾出了11条人命，震惊了全国和党中央，经我们全力调查多方工作，目前已定性为不法分子仇视社会的特大纵火案件。为消除负面影响，维护社会稳定，中共滨城市委做出决定，要尽快做好火灾中遇难人员的善后工作，不给不法分子可乘之机，要求涉及火灾案件的所有人员，特别是党员干部，都要以大局为重，维护社会稳定，以良好安定的社会环境迎接全省'两会'近期在我市胜利召开。你作为火灾遇难者家属，又是一位有几十年党龄的老党员，竟能说此事与你有何关系？作为受党培养多年市属局的党员干部，难道不懂党员服从组织、下级服从上级的组织原则？不仅如此，你竟然怂恿家属弟妹向政府提出那些根本站不住脚的所谓条件，故意拖延不办丧事，向地方政府叫板，公然与市委决定分庭抗礼，祁大处长，我郑重提醒你，这样做，你考虑过后果吗？！"

国章口若悬河，如连珠炮般向祁家老大重磅轰击！话里锋芒也饱含着连日来个人的窝火和恼怒！祁家辉有些招架不住了，站在那儿显得手足无措。但他毕竟老于世故，在官场历练多年，岂肯轻易低头就范，抓住国章语句间隙大声回应道："国组长莫用大帽子压人，我们祁家兄妹作为这场大火中失去了老父老母的儿女后人，首先有《宪法》赋予的公民权利，还有伸张执行《物权法》的权利，难道就不能为葬身大火中的老爸老妈讨一份公道，要一个说法吗？"

"讨公道——要说法——哼——"国章嗤之以鼻，点燃一支香烟，缓步踱至室中央，一口浓烟喷向祁家老大，"整座大楼院共有八户居民家庭在火灾中失去了亲人，除你们祁家之外，另七户人家都是普通平民百姓，他们最初也有抵触情绪，但当得知火灾起因是人为纵火后，他们都积极配合政府，现在已经先后办完了丧事，亲人得以入葬安息了，与你们祁家相比，他们都是低收入的城市贫民，有的人家生活水准甚至刚达到温饱，他们在火灾中失去的亲人恰恰是家里的顶梁柱。他们失去亲人的悲苦程度要远远超过你们祁家！他们具有的是我们中国老百姓的天性善良，面对危难，表现出的是那样的通情达理，而你们祁家呢，作为八户人家中仅有的高收入家庭，你祁家辉又身为党员领导干部，多年对父母都不尽孝道，却在年逾古稀的老人遇难之后要横发'劫难财'！真是利欲熏天呀！你们祁家差钱吗？先不说你弟你妹都经商多年家境殷实，单说你这位祁家老大，为官二十年，历经多个管钱管物的实权岗位，居家三口人仅房产一项就有四套之多，还不包括你借老爸祁老爷子之名在江北购置的那套别墅，还嫌不够吗，人心不足蛇吞象，为富不仁哪！你还向这次火灾提出增加重建后的住房面积现金补偿，解决子女就业，想想同样遭灾的那七户普通百姓家庭，你不觉得脸发烧吗？身为共产党员领导干部，你祁家辉是向你曾经宣誓效忠的党组织讨'公道'吗？向人民政府要'说法'吗？！"

国章充分展现纪检干部审案讯问穷追到底的功底专长，句句凌厉，直逼要害！

祁家辉神情颓丧，瘫坐在折叠椅上。国章所提到的房产数据正是他的"软肋"最近从中央到地方反腐力度不断加大，要求县处级以上领导干部如实上报家庭财产实况，房产多已成为他一块心病，也敏感到局纪检委好像关注他的情况，正考虑如何快速转手处理，万没想到现在被国章当面揭开，看来这厮为了制服自己真是花了大功夫做了全面充分准备。想到这祁家辉心生恐惧，但仍然不甘心就此作罢。

"国组长所言多有误会，有些情况与事实不符，特别是向贵区政府提出房子补偿条件的非我本人，而是我弟我妹的意愿——"

"快打住！"国章做出暂停手势，厉声喝止祁家辉话头，"明眼人谁都看得清楚，你祁老大就是祁家的主事人，你弟妹的主心骨！事情已谈到如此地步，本组长没工夫再听你半句推诿扯淡的废话闲篇。"

祁家辉一声叹息，心理防线开始崩溃。

端坐在写字台侧面笔录谈话内容的白桃，此刻内心暗涌波澜。

根据南巷办事处领导安排（实际是国章副书记授意），白桃参加到"2·6"火灾善后工作第一小组担任内勤文书和联络员，工作中几乎每天都要与组长国章形影相随。最初她对这个每天都用"直勾勾的目光恨不得将自己全身剥光"的国章副书记没有丝毫好感，认定这不过是个对自己美貌垂涎的老色鬼而已，这样的男人若干年来从部队到地方她白桃见识得太多了，实在让她提不起任何兴致。看见自己单位南巷办事处的领导对这个人的敬畏和谦恭，才知道这是一位位高权重的强势人物，后来又听组内同志私下议论该领导资格老，能力水平超强，即将升任区（局）级高位，她开始心有所动。

今天的组长与当事人谈话，让她参加记录，这在此前是从未有过的，她既不是善后小组的正式成员，更谈不上是什么组内核心人物，她完全可以找个借口推掉这个枯燥乏味的苦差，没有推掉是因为近期心情极为沮丧，唯恐有祸患临头，凡事都倍加小心，很有一种"逆来顺受求平安"的心态。现在面对两个男人之间激烈的言语交锋，她本无兴趣，但随着谈话深入，耳濡目染，她渐渐竟有了些许感触与激动。参加善后小组工作以来，白桃对"2·6"火灾概况及本组工作任务都有了全面了解，她和组里同志们一样，对火灾中孝女许多的壮举深感敬佩和惋惜；而对阻碍本组工作进展的祁家的无理条件与人性卑劣愤愤不平！但却又找不到泄愤渠道。今天由她执笔记录的这场谈话令她大感过瘾！组长国章的语言功力、缜密的逻辑思维在她眼中大放异彩！想不到这位领导确是才华横溢，能力过人，那入骨三分的雄辩分析，抑扬顿挫的语调声音，抓住要害穷追到底的坚决果敢，无一不显示出一个成熟男人的智慧与强势！而这些正是目前的美女白桃迫切需求的。

心有所动的原因还源自白桃目前窘迫艰难的生活境况。

两个月前，一场突发变故，使白桃安逸富足的生活发生颠覆性巨变！她名分上的丈夫—那位正营职的部队后勤处营房管理员，在军队内部强劲的反腐风暴中罪行败露，主要问题是利用职权贪污和在部队房产分配及购置转换中谋取巨额利益。军事检察院对其执行逮捕的同时，查封并依法没收了他个人部分财产，其中包括其名下坐落于滨城市区现在白桃居住的那套高档商品楼豪宅。几乎是一夜之间，美女白桃从华衣美食享乐的高空云端一下子跌落在坚硬实在的土地上，昔日奢侈浮华如过眼烟云转瞬逝去，她陷入了人生旅程中前所未有的窘迫困境。虽然他只是她名分上的丈夫，两人早就貌合神离同床异梦，情感方面早已曲断终了，但他却是她物质享受的依赖，这也是她一直与他苟合而不曾正式离婚的原因。两个月来，她在过去文宣队的小姐妹家寄宿，也曾找军内与她有过暧昧关系的首长打探"丈夫"案情，得到的信息却令她不寒而栗：涉案金额达千万之巨！首长还担忧她本人有无涉嫌"共同受贿"情节？对此白桃略感庆幸，她是纯粹享乐型女人，这些年她只充当男人的玩物，对丈夫的某些阴暗事也心知肚明（都是他酒后主动向她吹嘘说起），却从不参与谋划，更没有出面收受过什么财物，尽管如此，仍然心中忐忑，胆虚怯弱的她急需一位通晓此类业务的男人为之出谋划策甚至撑腰壮胆。而她的老情人孙逊半年来的表现总是令她失望。最初，她从部队转业滨城，在多家文艺对口单位拒绝接收的情况下，是丈夫多方打点托关系才落在了南巷街道办事处。她害怕从此成为下社区跑居委会与街道大妈打交道的"跑片"干部，后来是孙逊利用职权将她安置在办事处机关内勤。她以身相谢，本想抱住这棵大树好乘凉，不承想遭老公举报，奸情差点暴露，孙逊调离了南巷。失去靠山，白桃心里没了底气，总担心内勤岗位不长远，更羡慕区机关大楼的干部岗位。在与孙逊幽会中她多次含情脉脉央求他，托关系想办法把自己调进区机关，可孙逊每次都支吾推诿，什么要考虑影响呀，什么没有空编等，白桃是女人堆里的绝色人物，从小到大被各种各样的男人宠爱惯了，最看不起孙逊这类遇事不敢为爱人担当的软蛋男人。于是她开始有意疏远孙逊，俩人关系渐行渐远。

而眼前这位侃侃而谈唇枪舌剑的第一善后小组组长，真正身份可是响当当的区纪检委常务副书记、监察局局长，这才是白桃转念间心有所动的因由，她是离不开男人的呵护的嫩女，而这个男人更是她目前急需的对象。

乘着两个男人激烈交锋中短暂的间隙，白桃停住笔，倒一杯热茶，起身移步捧给组长国章。正口干舌燥的国章接过杯子一饮而尽，向她点头致谢，因为这举动在心气高傲的白桃而言是罕见难得的，同时看见了她眼中的盈盈笑意，心中涌起一股暖流，望一眼颓然瘫坐苦思无语的祁家辉，压倒制服对手的信念更强，心劲倍增！他又点燃一支烟，慢悠悠吐出一串烟圈，"目前，整个'2·6'火灾的善后工作正在收尾，八户死难亡者家庭仅剩你祁家一户没有发表。今天下午，市委主要领导要来临江区调研工作，随行陪同的还有包括你们经贸局长在内的市属一些委办局领导，市领导非常关注火灾善后工作进展情况，我们当然也要实事求是地向领导汇报。"话说得慢条斯理，却字字清晰明确！这是国章设计套路中的重要一环，目的就是向祁家老大施压，逼迫对手就范低头！

果然，祁家辉闻言心中一凛！室内温度偏冷，国章还披着军大衣呢，而祁处长胖脸上却沁出了细小汗珠儿。他仰脸望向国章，嗓音沙哑："国组长，我希望您能给我个机会，现在我就去做弟弟妹妹工作，放弃条件，马上……"

国章压住内心兴奋，故作为难状："时间太紧迫了呀？"抬腕看表，"也好，可是老祁，我只能给你一个小时时间去做家属工作，从现在开始，我就在这里坐等你的结果。"

"谢国组长，祁某自有后报。"祁家辉话里有话，向国章点头示意，不敢再耽误，低头快步走出了办公室。

目送祁家辉出门后，国章如释重负，一屁股坐进自己的皮转椅中，悠然转了半圈面向白桃，长吁一口气："终于拿下这浑蛋了，真是累死我也！"白桃趋前笑着说："国副书记真是能力超强，智慧和口才堪称一流，换个人真压不住他。"

国章心花怒放，他预感自己今天会色利双赢，索性放开，一双眼睛色眯眯紧盯着白桃高耸的胸乳，伸手抓住白桃的手直言挑逗，"这块硬骨头终于啃下来了，今天我特高兴，晚上想庆贺一下，小白赏个面儿，晚上陪陪大哥可好。"

白桃浅笑而无言，一双手却任由国章揉搓……

祁家老大很快做通了自家人的工作，放弃条件，积极配合政府，祁家的丧事定于次日上午举办，从当天下午开始，善后一组的同志协助祁家人紧锣密鼓筹办各类发丧事宜。

至此，临江区"2·6"特大火灾善后工作基本结束。

当天夜里，一间灯光朦胧的客房内，席梦思大床上一对赤身男女正在上演一场性爱游戏。酒后微醉的国章尽情享受着白桃赤裸柔美的肉体……

这里地处滨城市西郊，是一处名为"夕照屯"的农家大院，前台是经营北方杀猪菜，号称"从头吃到尾"的餐厅；后院则是一排外观似农舍，内里超豪华的包房卧室。国章副书记常带"女友"来这里消费。他喜欢这里前台可口的农家饭菜，更偏爱后院的僻静安全。

白桃的裸体在国章贪婪的重压下不断变换姿势，她娇喘吁吁，呻吟中透着愉悦，现在，不论是心理上还是生理上她都需要这个强有力的男人！

十八

莲蓬花洒居高临下，温热水流细密湍急，冲击着女人光裸的身体，激扬起腾腾水雾弥漫蒙蒙……

好惬意！好舒服！爽！徐萍和高月在莲蓬花洒下尽情淋浴，任由细密奔涌的水流冲击着裸身每个部位，她们肆意舒展甚至有些放浪张扬地扭动身形，戏水揉搓，让连日的劳累疲惫连同汗酸、污垢都由洗发香波和浴液泛起的洁白泡沫洗涤冲净，随脚下一波波污水漫过粉色地瓷砖汇入不锈钢下水孔排出……

洗浴后的高月、徐萍脸蛋粉嫩，容光焕发，同样高挑丰盈的身材，如同一对并蒂盛开的出水芙蓉，亭立美艳。在偌大的女浴室间引人注目，同浴室内的女浴客纷纷向她俩投来惊羡的目光。

俩人披上浴巾来到休息室，只见这里摆放一排木制方桌长椅，上面铺有单薄的巾被，给人印象硬邦邦没有任何舒适感，徐萍皱起眉头：

"说起来，这当今 21 世纪的中国社会还在重男轻女，这几年中我去过多少家浴池澡堂，不论是酒店宾馆，还是职工浴池或是度假村，所设的女浴休息间，都差不多清一色的桌椅板凳设备简陋！可听说他们男人的浴区休息地，又是高级酒吧，又是豪华包房，软沙发绒地毯，行走无声，外加卡拉 OK，真不知道盖澡堂子建浴室的设计师们是怎么想的，竟敢如此轻视妇女，他们可能忘了一条真理：没有我们女人，你们男人从哪里来？哪有这个世界？！"

在明确没有异性男人存在的特定场合下，光着身子的女人说话就会不假思索，口无遮拦，展露出女童般的率真本性。徐萍说完这番话，自己也觉有些孟浪，忍不住掩嘴"咯——咯——"笑起来，越笑越觉得好笑，笑得肩头耸动，浴巾滑落，花枝乱颤……

高月受她感染也忍不住笑了，不过这笑声里有一丝愧疚，因为俩人来洗浴的这家澡堂是高月选定的。这里地处高月家附近，高月经常来这儿洗浴，感觉环境干净也还肃静，她从没有留意过这里洗浴后的休息室环境怎样，更没有感受到什么设备简陋。这也许就是没受过正规高等教育"夜大"出身的街道干部高月与硕士研究生毕业的区委机关组织干部徐萍在感受体验日常生活细节上的意识文化差异。

"这里休息不好，咱们到我家去吧，离这里很近，抬腿就到的。"高月心有歉疚，自己选的地儿不好，可别委屈了小徐妹子。

其实徐萍绝非矫情享乐之人，刚才一番话不过是放松心情后的随意调侃，没想到高月却上了心，心里想到，这高姐姐真是个心善的人，时时处处都牵挂着别人的难处，总想着帮别人排忧解难，真是点滴小事人心可鉴。不过，对高月的盛情相邀到家，她确是真心向往。这次意想不到的"2·6"火灾善后工作，使她和高月有了连续多日朝夕相处的机会，正是这一段不同寻常的日日夜夜，使徐萍对这位年长自己几岁的街道女干部产生了难以割舍的姐妹亲情，这情感早已逾越了俩人先前那种组织干部与考察对象之间的工作范畴。同为女人，高月身上具有的温婉仁厚和与人为善的中华女性古朴之美，令从大学高校步入机关仕途的现代女性徐萍感动钦佩颇受补益，大有相识恨晚之感。现在，不论于公于私，她都一心想结交高月为人生知己，迫切想走进高月内心深处，所以能有机会去高月家，她心中正求之不得：

"嘻嘻——我这人洗过澡就舒服了，无所谓休不休息，只是和高姐没有唠够……"徐萍甩动湿漉漉的长发说，"高姐，好想去你家坐坐，只是不知可方便？"

"当然方便，老公出差，女儿住校，家里就我一个人，正缺个说话儿的伴儿。"见小徐愿去自家，高月喜上眉梢，目光一瞥墙上石英钟，"还正好让你品尝一把姐的厨艺水平。"

"哇塞——太好了！高姐不知，我可是有名的金牌吃货呢。要一饱口福喽。"

"高档大餐姐做不来，家常小菜包妹子满意。"

两个女人的笑声清脆爽朗，在浴池休息区回荡。

组织干部徐萍大学里学的是中文专业，研究生毕业时获文学硕士学位，业余时间酷喜阅读，涉猎书籍包括文史经哲等广泛繁杂。她记不得是哪篇佳作或是报章中有句名言"女人的家是啥样，她的心就是啥样"，具体是哪本书哪篇文章所写的她忘了，可这句话她牢牢记住了。

迈进高月家的门，换过拖鞋，在门厅沙发上稍坐不足五分钟，徐萍就按捺不住好奇之心，也无须经女主人高月同意或引领，她就径自像检查卫生一样逐屋"巡视"起来……

总共才两室一厨一小厅的居住空间，很快让徐萍里里外外看了个遍。不仅是目光所及的"看"，更要亲手触及的去"摸"：

厨房做饭的平台没有一丝油腻；卧室衣橱里的衣服干净整齐，橱门拉开时，扑面飘出清新的香味；冰箱里冷冻冷藏两间隔食品蔬果丰富满当；全封闭阳台里储存的过冬土豆装在敞口的纤维丝袋中，黄澄澄个头大小均匀；倚墙码放整齐的山东包心白菜棵棵饱满，白皮帮嫩绿叶透着早春气息。徐萍目光尖刻，就连起居室内最不易为人觉察的地板角落及电视机壳后也不放过，但她发现这些旮旯地方居然也是一尘不染……

徐萍满意了。她看得出经管这个家庭的主妇是位内心充实，做事有序，勤快干练实在过日子的主儿。她心里笑了，冲着高月打趣道："我说高姐，你不介意吧，我这初次登门，就像个狗蹦子似的，里里外外给你翻腾一遍，烦不烦呀？其实，我这不是职业病，就是想看看，为了学习借鉴，同为女人，想到我那个家，心里好惭愧，真是不比不知道，一比吓一跳！姐，你可真是个好女人，工作、生活两不误，家里家外都是一把硬手，足够我学习半辈子的。"

"说起这做家务，我也是习惯成自然。"见徐萍说得诚恳，高月也坦言倾诉，"这一阵忙得一塌糊涂很少能顾上家，能经得住妹子你的检查，其实还是前不久的年根儿大扫除，打的底子。"

"啥叫年根儿大扫除？"

"就是每年春节前那几天，腊月二十三小年后到大年三十那时候吧，家家都搞的大扫除，里里外外翻天覆地的，那就是了。"

"我知道，不就是迎春节过大年，扫扫房掸掸灰，擦擦桌椅换新衣嘛！"

"可不是你说得那么简单，每年都把我累得人仰马翻，先是掸和擦，包括天棚地板四面壁纸所有椅角旮旯，橱柜家具桌椅沙发茶几板凳以及电视空调冰箱洗衣机等所有家用电器大大小小都要先掸灰后擦拭六面见光；再说洗和换，家里大人孩子的内衣外套衣帽鞋袜围巾手套，正穿用的要洗，还要迎新春提前跑商城购置新款换旧，家里所有床单被里褥面帏罩窗帘巾被等，连拆洗加晾干熨烫缝纫换齐，全部焕然一新。最后是整理收拾……"

"我的天呀！这么复杂！"徐萍甚感惊奇，"这么多的活儿哪干得过来，得全家齐动手忙乎几天呀？"

"里里外外就我一个人忙乎，白天还要正常上班，多是平常日子见缝插针干点，年底前几天突击大干，主要是晚上出效率。"高月笑道，语气里颇有几分自豪，"他们父女俩要插手干点啥，我还真不放心，最多让他俩干点搬搬抬抬的体力活，特别是最后的整理收拾，必须是我亲手一点点归拢打理。"

"这么多的活儿，不要说让我一个人去干，听着说一遍脑袋都大了，心都累了。还有最后一打理？"徐萍瞪圆双眼，极有兴致地追问。

"当然。全部擦扫拆洗购置换新之后，接着马上是重新布置，包括起居间花卉盆景设置摆放；卧室柜橱内外衣物巾被分类叠放整理；厨房灶台各种食品调料坛坛罐罐擦拭光洁明亮；卫生间四壁地砖淋浴器马桶彻底用去污粉擦洗一遍；最繁乱琐碎的是全家各类橱柜包括所有床头柜杂品柜电器柜食品柜等大大小小抽屉里面存放的东西物品都要一样不落地掏出来，逐件清理后重新摆放。"

"哇塞！都细致到这份上，平时干啥呃，都攒到年前搞突击？"

"平时是平时，也清理重在保持，年底必须大清理，过年要有新气象！就忙这些我常弄到后半夜，累得直不起腰，有时洗完上床躺下了，猛想起还有某某地角旮旯儿没清到，心里就不静，就得立马起身去把这个事干完，如果有一样活儿不弄完，我就心不静，躺不下，睡不着。每年都一直忙到大年根儿，眼瞅着各个事儿都完成了四脚落地，我才能长出一口气，放松睡一大觉，心里那个爽，那个敞亮，别提有多美气了，好像一年到头就为这一天似的。"

徐萍心里一声叹息，中国女人真是天然为家庭而生。她本人出身于高级知识分子家庭，父母分别是教授、工程师，从她记事时起，家里所有家务都有阿姨（保姆）照应，生活上从小养尊处优，之后就是公办全托幼儿园，上学全日制住宿，再后是上大学住校，研究生毕业后直接考入机关公务员，只有结婚成家后的若干年中，才感受到居家过日子的些许艰难，老公是外企科研人员，工作忙压力大，翻译资料经常通宵达旦；儿子读重点高中住校，学习成绩好无须父母操心，但功课紧张很少回家；她本人事业心强，工作积极从不懈怠。三口之家过的完全是现代化高效忙碌的小家庭生活：一日三餐常叫"外卖"；年节家庭聚会或招待客人一概去饭店打理；洗涤衣物全是电器操作甚至外委"干洗店"代劳；住屋居室几年中都难得一次"大扫除"；她和老公合用的书房经常是纸屑遍地，书册狼藉一塌糊涂，几乎下不去脚。她没有过高月的生活经历，更无从体会高月都市小市民普通家庭的朴素生活，只是从老一辈人自己母亲和婆婆那里得知一些往年老事，知道普通百姓中为人媳为人母的女人在"过大年"这个中国民俗中极为重要的节日里辛苦劳作克勤克俭的传统操守。可那是20世纪中国老一代妇女善良、贤惠、勤劳的品行遗风，在当今社会现实生活环境里自己这一代女人中早已鲜闻少见，没想到同为中年女人的高月是这传统遗风罕有的忠实继承人之一，她身上没有一丝当今社会浮华奢侈的享乐理念，在单位尽心竭力工作，居家中不辞劳苦营造温馨小家庭，平凡中蕴含着的古朴美德，这令她对高姐又平添了一份敬慕。

十九

从逐屋巡视对话转至厨房落座聊天，话题越加广泛深入。在姐妹两人的细语说唠之中，手上的劳作也在有序进行，以高月为主料理，徐萍为助手配合，从择、洗蔬菜起始，至案板刀工操作，各类菜肴配制，最后点火支锅，高月扎围裙主灶掌勺，锅铲乒乓作响，菜品在油香热溢中上下翻飞，高月颠勺炒菜手法纯熟，敏捷利落！熘炒氽烧，一气呵成，身旁的徐萍看得出神入化，频频咋舌，很快完成了一餐午饭的操办制作：四菜一汤，简单而又丰盛。食材分别来自两人从浴池返家途中菜市场的购置和高月家中冰箱里的库存。

这四菜一汤都是普通家常菜，既制作简便，速成快捷，又营养丰富，美容养颜，为当前众多女士喜唻的美味，也是今天的主妇高月精心构想，匠心运作的佳肴。其一为葱烧木耳，色泽诱人，黑白鲜亮。其二为香菇肉片，菌厚味重，芡汁浓香。其三为木须番茄，蛋黄柿红，咸甜软嫩。其四为凉拌苦苣，莹绿生香，清脆爽口。四款菜品一凉三热，有荤多素，另有一汤为冬瓜排骨汤，冬瓜薄片，碧绿边白玉块；排骨寸方，橙黄肉骨味醇。汤面微撒胡椒粉，浓汁中飘漾清淡鲜香。

这四菜一汤均味重可口，是聚饮、佐饭的佳品，而高月今天准备的主食正是稻花香大米饭。

饭菜上桌，热香四溢，徐萍忍不住先夹一筷香菇，入口品尝，"果然好味道，高姐，咱姐俩相识交往太晚了，真是耽误了我多少顿美食口福，说来也怪，这些菜我在家也试着做过，可总是弄不好，惹得老公儿子罢吃抗议。"

高月说："不过就是几样家常菜，经常做熟能生巧，用心体会，次数多了味道就出来了。"

"哇塞！"徐萍兴奋道，"满桌美味佳肴，色香味俱全，令人垂涎，岂可无酒？"

"看我，给忙忘了。"高月笑道，"我老公沈力前些年做过酒类批发生意，家里存有好些酒，我不懂酒的好赖，不知妹要喝哪一种？跟我来选吧。"起身走向方厅。身后的徐萍却稳坐不动，嬉笑着遥控指挥：

"我选哪瓶呢？"略作思考后冲着方厅里的高月侧影大声说道，"高姐听好，你家方厅玻璃酒柜中从上往下数第三格，两排酒中的后排右数第二瓶，应该是墨绿瓶身浅黄标签，吉林通化白葡萄酒就是了。"语气从容，口齿清脆准确，如数家珍。

轮到高月惊异不已了！她依照徐萍所言在自家酒柜中按图索骥摸寻，从那个位置拎出一瓶酒，果然不差，正是"吉林通化白葡萄酒"！豁然想起一定是徐萍刚才检查卫生挨屋"巡视"时所见，要知道自家酒柜第三格中摆放着十多瓶全是果酒，色泽相同，商标近似，自己多少年都搞不明白哪类哪款，难为徐萍仅"巡视"一次就记忆如此精准，不由赞叹："不愧组织部的科长，真是好脑力。"

"承蒙高姐夸奖，除此之外，妹我别无所长，特别是干家务方面，我是属于干啥啥不行，吃啥啥不剩那伙的。徐萍嬉笑着自我调侃，接过高月拿来的吉林通化白葡萄酒，端详审视一番后，手法娴熟地启酒开封，"就是这酒，是咱东北特产，听我老爸说是当年周总理用来招待外国贵宾的，国宴专供酒。"说着给高月和自己各斟满一杯。

姐妹俩相对而座，边饮酒呷菜边说起体己话儿……

"刚才我在小间卧室里看见了你女儿的照片，真是漂亮哇，高姐，我想应该是你年轻时的翻版。"俩人半杯葡萄酒过后，徐萍几乎是脸贴脸零距离欣赏着高月的面容，"知道你自己有多美吗，高姐，在浴池洗澡第一眼看见你的裸体时，我真是惊住了，陶醉了，活生生一幅丁托·拉斐著名画作《浴女》中的真人再现！"

"什么是丁妥拉费儿，玉女，我弄不懂？"

"丁托·拉斐是意大利文艺复兴时期代表人物。著名的现实主义画家，以专攻欧洲美女人体油画名列世界艺术殿堂，油画《浴女》是他代表作中的巅峰极品。他笔下的女人以唯美主义为表现形式，奔放大胆，裸体构图真实细腻极富美感，西洋绘画风格中融入了中国古代仕女图的传统技法，使作品中的美女裸体既柔若无骨又突翘丰盈，给人视觉直观上的震撼力和生理感官上的吸引力。我欣赏丁托·拉斐的人体艺术作品，尤其喜欢那幅名画《浴女》，上大学时就不惜用半年的奖学金收购了《丁托·拉斐油画袖珍精美画册》，包括《浴女》小型张在内，一直珍藏至今。"

徐萍娓娓道来，高月听得入迷，心里赞叹徐萍的博闻广识。不料徐萍话头一转又说到自己："高姐，我在浴室初见你光身全裸时，真不敢相信自己的眼睛，丁托·拉斐大师笔下的艺术珍品活生生就呈现在我面前，肌肤瓷实凝脂般光洁，身段婀娜凹凸有致。我不知高姐你娘家上几代人中有没有欧洲血统，但你本人从脸型五官的高鼻梁深眼窝宽口唇精致分布，到身材高挑丰盈，柔颈丰乳臂膀圆润长腿玉立，肌肤光滑细腻，曲线优美迷人，全身肉体的每一部位尺度及比例都与名画《浴女》高度吻合，惟妙惟肖，尽显欧版美女柔美、丰艳、温婉、高雅的气质风范。"

说得高月满脸绯红，连连摇手："哎呀！羞死了，都年奔五十的半老太婆了，还有什么美感的……不过话说到这儿了，妹子你才漂亮，也正年轻……"

"女人之美，在于成熟！"徐萍正色道，"我个人相貌尚可，但缺乏成熟之美，对此，我有自知之明。她浅饮一口杯中果酒，即兴又言道："花季少女，清纯可爱，但纤细稚弱，远不及美；青春女孩，激情奔放，充满活力，但毕竟年轻青涩，尚待开发，丰美不足；只有女到中年，经雄性荷尔蒙交合滋润，身体饱和放开，渐显成熟之美，加上此时年龄上历练达观，深谙世态炎凉，激情内敛，处世蕴情，其端庄、大气、稳重、温柔的女人之美也就浑然天成。"

高月感叹："咱从小就知女人爱美是天性，妈妈教女儿最初也是从梳头洗脸开头，没想到这女人之美还有这么多说道，都说组织部干部多才多艺见多识广，今天徐妹让我领教了，来，姐先敬你一杯。"

"高姐且慢，容我说完。刚才我说的只是女人的外在形象之美，而女人的真正之美则是形象美与心灵美的合二为一。什么是心灵美？大街小巷社会课堂舆论导向说得太多了，太滥了。我都不愿重复絮叨了，我个人认为所谓心灵美不过就是八个字'情操高尚，心地善良'当然这又是大道理了，空泛高调，实际上爱与美不在语言是否动听，而在行为是否感人。举个身边的活例子吧，这就又说到了你，高姐，就在前几天，咱俩一块护理'2·6'特大火灾死难者遗属那会儿，当王淑珍恶狠狠啃咬你的臂膀时，我疼得心都打哆嗦！恨不能立刻把这女人拽下床去，可你呢，高姐，你当时痛得脸都抽缩得变形了，身子佝偻成一团，可硬是不躲闪不回避。关键时刻先想到为减轻别人的痛苦而不惜牺牲自己，这就是心地善良，也就是人们常挂在嘴边，而大多数人却做不到的'心灵美'！譬如我徐萍，当时就没有像高姐你那样想，更没有那样做，反而，严格讲是心灵不美，至少是不具备一个女人的成熟之美，高姐呀，咱俩那一段照护火灾遗属朝夕相依的时光，虽然只有很短的几个日夜，却令我徐萍终生难忘，多有收益，因为我由此结识了一位有德有貌的好大姐，所以呀，高姐，这杯酒，应该是小妹我先敬你！"

两个女人举杯相望，眼睛里都泛着晶莹泪光，少顷，她俩如男人般豪放地一饮而尽……

"妹子这话是高抬姐姐了，其实我就是见不得别人的苦和难，心里不落忍，能帮她让她心里好受点痛快些，我皮肉受点苦不算啥。"

"那岂是皮肉受点苦呀？！说的真轻巧，我当时看着心都要崩溃了。"

"妹还不了解，我这人从小就皮实惯了，生长在'文革'年月，那时候上学就是瞎胡闹，每天都是'三敬三祝''老三篇，天天读'，我从七八岁起就和男孩子满大街疯跑，打群架、爬树上房，跌倒摔坏皮肉受伤是家常便饭……"高月述说起自己的少小往事，徐萍听得饶有兴致。女人之间的交往，一旦心扉洞开，贴心话语伴着细腻柔情就会荡漾奔涌，一泻千里，滔滔不绝。此时高月心目中的徐萍早就不是那个令她敬畏的区委机关的组织部女科长，而是肝胆相照知心换命的异姓小妹子。正如徐萍所言，一段"2·6"火灾善后三组的共同经历，特别是联手护理重灾遗属王淑珍日日夜夜，突发事件中的特殊经历，将两个女人的心紧紧连在了一起！小徐的坦诚、率真和视自己如亲姐般的信赖与敬重，令高月感动，自家有姐有弟，还就真缺一个妹子，她愿意与她结交为人生知己铁杆闺密，此刻就有千言万语贴心热肺的话儿急切向她倾诉：

"姑娘沈丹今年就要大学毕业了，面临工作问题，这事儿成了我心上一道过不去的坎儿，想起来就纠结……"

"孩子长大了，大学毕业马上就要步入社会是好事，可喜可贺！当妈的怎么还会纠结？"

"可这孩子偏要放弃专业对口单位的招聘，执意要报考国家公务员？"

"这有什么不好？相比其他行业工作，公务员岗位稳定性强，当前是被全社会普遍看好的工作，我们都应该支持鼓励女儿才对。再说了，高姐，你我都在公务员岗位历练多年，在面试业务题备考辅导方面肯定会对女儿大有帮助呀，怎么？"

"唉！"高月一声叹息，眉头紧锁，"我也向有关人事部门咨询了，今年本省市的公务员招考多数是各城区基层街道岗位，市以上大机关岗位少，而且报考资格'门槛'高，专业要求特殊，与沈丹不搭边。我真是不愿意让姑娘也走上我的人生路哇，想想就揪心！"

徐萍看见高月一脸凝重忧心忡忡的样子，很有些不解："不至于这么严重吧，姐，我看街道办事处工作蛮锻炼人的，咱们女儿漂亮，又是年轻的大学生，若真要考上了，在基层干上几年，肯定会有出息，比你我这代人有发展。"

二十

高月苦笑摇头，女儿从小就是她的心肝宝贝，如今长大出落得花容月貌，执意要考街道办事处公务员，却成了她这个当妈的心理负担：

"正是因为这个长相漂亮，我想想就寒心，我这辈子就这样了，没办法，可再不能让姑娘走我的老路，一个女孩子，我不指望她能当什么官有什么发展，只求她一生能平平安安……"高月说得激动，脸色绯红，"街道办事处不同于你们区以上大机关，情况复杂，人心诡异，特别不适于沈丹这样的女孩子，我在街道的一个同事说过，女人长得好看，有时就是灾难。我对这话有切身体会，都知道街道工作累，身体上再累，我咬牙也能挺过去，可这心里的累，是真累！有时真就是扛不住……"

言为心声。徐萍想到了前后半年多时间以来，围绕着高月一这位漂亮能干的街道女干部发生的诸多事情，组织干部的职业敏感使她觉得有些事的细节存在疑窦，耐人寻味……她轻轻抚弄着高月的手指，目光柔和凝视着她，鼓励和期待着心爱的高姐向自己倾诉心曲——

"我是在'文革'中长大的，从小就任性胆大，小学老师说我是浑身充满野性的小公主。我的家生活富足，同代同学们经历的经济困窘，愁吃愁穿愁学费的日子我一天也没经历过，大家都说我命好，其实后来我才经历体会到了，我是命不苦心苦。转折发生在我刚结婚时，父母不同意我的婚事，我是敢爱敢恨任性而为，一段时间与娘家断了来往，独立担负起居家过日子的重担。那时候的日子真就是一个艰难，可正是这段艰难日子让我明白了什么是世态炎凉，使我懂得了什么叫自立自强。邻里和朋友的互相帮助，让我学会了与人为善，帮别人等于帮自己。我娘家父母随着年纪渐老，重男轻女观念越加严重，家里的财产全是儿子的，女儿一点儿都别想沾边。婚后的弟弟更是成了家中霸主，像防贼似的盯着我们。有次我带女儿回家，竟然连口热饭都没吃上，就被他驱赶出门淋着大暴雨流落街头。当时我心里的苦哇真像掉进了无底洞，这还是那个我从小疼着护着的弟弟吗？当年为了保护他不受欺负，我曾经和男孩子们当街打架全身伤痕披头散发。现在这是怎么了？！就为了那点看得见摸不着的家财私利吗？说实话，我当时穷是真穷，可对娘家财钱是半点想法都没有。生活教育了我，只有自己拼搏挣来的才是真正属于自己的。不过话说回来，前段弟弟因为酒后刑事案进了监狱，平日交往的一大帮哥们朋友都不见了，老婆孩子也离他而去都不管他，我得了信儿立马去拘留所看他，他看见我，流泪了，叫一声'二姐'，当时我的心都碎了。"徐萍用纸巾轻轻为高月拭去盈眶的泪水，静静地听着她的内心倾诉。

"为了生活，我先后在小企业和区工商分局等几个单位干过临时工，到街道办事处正式工作后，下决心把自己的工作干好，就是要争一口气，让娘家父母和弟弟都看看，高月凭自己也能打出一片天地。话是这么说，实际生活中真是不容易，街道办事处一般干部女人多，领导干部男人多，婆婆妈妈乱事就多。就是因为这个相貌，我比别人要多付出许多，同样干一样的工作，我认真干好了，领导表扬了，一次两次可以，三次以上就会有人背后嚼舌头，传出风言风语，说我和男领导怎样怎样了，你再信脚正不怕鞋歪吧，可男领导真就不敢再说你好了。爱美是女人天性，夏天天太热，别的女干部可以穿得少，'紧、透、露'没人说什么，我要是穿得少点、透点、露点，那就有人说怪话：什么'奇装异服'呀，什么'吸引领导眼球'呀，等等。可我也是女人哪！那时正年轻，别人可以，怎么我就不能？时间长了同事中有好姐妹告诉我：别在乎她们，你就拉下脸造，气死她们。我先后经历了咱临江区三个街道办事处，从一般干部到副科长再到正科长，风风雨雨二十多年，先后在街道团委、妇联、经管办、招商办、党办直到现在的行政办，差不多干遍了街道办事处的所有岗位，一路跌跌撞撞走到今天。几乎是每有一点进步或是升迁，都要招来非议。同样一个事，发生在别的女干部身上不算事，发生在我身上就是事，就因为这个长相这张脸，受个奖励表彰或岗位稍有变动，特别是要提职的关键时候，总是马上就有闲话甚至绯闻传出来。时间长了多数同志了解我的人品德行了，劝慰我别放心上。我见过次数多了，脸皮也厚了，表面上自我解嘲：不就是这张脸这个身形嘛，让人羡慕嫉妒恨，也算是中国特色吧！可这心里真是憋屈呀！这些年街道基层工作特别是近年来的城管清冰雪累得我全身伤病，有时候半夜疼得睡不着，再想起遭人非议和诬告，蒙着被子忍不住哭泣：为什么受伤的总是我……"

徐萍频频颔首，心中波澜起伏，自己何尝不是如此。大学最后一年，因与本专业中文系主任、中年教授研讨论文专题至晚，教授送她回宿舍楼，夜行穿过校园小树林时与几位同年学妹不期而遇，第二天她与老师的绯闻就满校园传得沸沸扬扬，以至于几天后同校任教的教授夫人竟到女生校舍找她面谈。当时羞愤交加的她差一点从宿舍六楼窗口纵身跳下以证自身清白，真是人言可畏呀！参加工作后在机关大楼也曾经有过几次类似境遇，幸亏自身品行大众认可，才得以谣言止于智者。如高月所言，就因为这张脸。美女难当，古已有之。自古以来女人就是弱势群体，像武则天那样当了皇帝的则是骂名滚滚，长得漂亮就是红颜祸水。褒姒的"烽火戏诸侯"事件，史学家考证，中国古代利用烽火传递军情是西汉以后的事情，与春秋战国时的周幽王爱妃褒姒没有任何关联。可时至今天，褒姒还背着"祸水"黑锅！此类事在当今中国仍然有过之而无不及。在机关公务员职场特别是基层岗位，个别人津津乐道情色之事，殃及的首先就是无辜却有姿色的女性干部，徐萍自然想到了最近网上疯传的一个段子：

"都说祸从口出，现在的人嘴碎到什么地步：坐个男人车，就是小三了；从宾馆出来的，就是和别人开房了；和异性吃饭，就是有一腿了；出门超过半个月，就是外面有人了；穿着洋气，就是不正经了；没让他占便宜，就是装纯了；连续上网聊天，一定是处老铁了……"

唉！这就是我们的国人。

　　高月言犹未尽，继续说道："在街道办事处工作多年，苦和累我都不怕，可是有三样事我是真怕！这三样都和咱作为女人的姿容美貌相关，刚才说的是第一怕，怕有些人正经事不干专门在背后嚼舌头，编造你和男领导的绯闻故事，惑乱人心。奇怪的是有相当一部分人最愿听又最愿传播这类桃色新闻，待到事情查清或者事实和时间证明你本人清白时，这些人不论是造谣的还是传谣的不用负任何责任，甚至连点自我谴责都没有！而你本人呢，给害得精神上已经死过几个来回了，崩溃一次，足能使你一年半载缓不过来，萎靡消沉，病痛不断。还有第二怕，就是酒局。现在好多了，有中央的'八项规定'管着，基本管住了。可前些年官场上单位里那酒局子真是泛滥成灾了，别处我不知道，就说我们街道，领导班子差不多每周一至两次公款饭局，逢饭口必喝酒，每次酒局都有工作上的借口，上级来检查工作得喝；各种关系单位来人得喝；大小会议会后得喝；招商引资更得喝。要命的是凡是对上对外的酒局，办事处领导都要强令女干部去陪酒，有点姿色的女同志都难逃此劫，差不多阵阵有我，心里是一百个不愿去，可不去不行！领导轻则撂脸子批评，让你当众下不了台，重则多少天对你不理不睬视而不见，对你的工作不管不问不支持，有时故意难为你，干好了装看不见让你不得好，稍不如意就严厉批评！下次陪酒你就得去，可这陪酒也真是个闹心事，你得赔笑脸，编假话，看人家脸色行事，酒喝少了说你没诚意，领导也不高兴，喝多了出丑现眼，都看你笑话，更有甚者，有的男人借酒盖着脸，对你动手动脚，每次陪过酒，都要恶心自己好几天。现在有中央'八项规定'管着还好，可谁能保证以后不死灰复燃？现在不就有领导转入了'地下会所'宴饮照旧吗，我这辈子皮糙肉厚的折腾过来了，可不能让姑娘再经历这些让人恶心的事儿了……"

徐萍听得心中震颤！参加工作十多年来，她一直在区里坐机关，对街道办事处了解不多，也知道基层工作难搞，但真没想到竟然如此复杂，令一位女干部的工作境遇如此难堪！她竭力压抑着内心的不平，轻轻将面前的两只酒杯再次斟满，"高姐，你说有三怕，第三呢？"

"这第三怕吗，唉一不说也罢。高月满面悲戚，意图回避此话题，见到徐萍期待的目光，才不得不说下去，"三怕就是个别男领导心术不正，品行败坏。"一言未了，勾起自己满腹心酸屈辱，胸脯剧烈起伏似有万千话语倾诉，却又难于田止启齿。

徐萍洞悉高月的内心顾虑，自己也不忍挑破那令高姐心碎的尴尬往事，但出于一种职业责任和道义上的伸张，她必须寻求真相或者是印证求实自己的预测臆想。"高姐，不瞒你说，我受组织委派在查核那封对你的举报信过程中，了解到一些情况，西坊街道好几位同志反映说，你作为优秀后备干部曾经几次通过提职考察，可都在最后关口被'举报'卡下来，大家都为你惋惜。可是其中有一次，那是几年前，西坊街道党政领导班子和区计生局实名推荐你提任区计生局的副局长，区委组织部已同意并准备考察时，你们单位却向组织部提出请求撤回了对你的推荐，理由是：因本街道岗位工作需要，该同志不宜提拔外单位任职。于是一件好事被半途废止了，其中原因外界浑然不知，现在我本人从调查举报信的工作需要才得知了这件事，当年西坊办事处撤回推荐你的理由令我匪夷所思，具体原因是什么？作为当事人你应该知晓内情，高姐，能和我说说吗？"

　　一番话贴心暖人，拨动了高月的心弦。她垂头默想片刻，抬头深情望向徐萍，双眼中已是泪光闪动，"好妹子，这件事是深埋在我心底的一个结，也是我刚才说的第三怕一这些年了我从没向任何人说过这件事的只言片语。"是要压抑一下内心愤愤灼烈的情绪，她端过酒杯猛饮一口，竭力平缓心态说下去，"我读书不多，也没有进过正牌大学接受过正规教育，只能算个'夜大'毕业生，可我也知道'不想当将军的士兵不是好士兵我在办事处科长岗位拼搏多年了，真是想再进一步晋升个副处级干部，干出个样子给我那重男轻女的父母看看，给我那歧视我赶我出门的弟弟看看，也给我那位整天讽刺挖苦我工作的老公看看。苦熬多年总也得修成点正果才对。可我就想不明白，同样一个事，别人熬个三五年就能成，而放在我身上十年八年也难成，就因为长相惹眼吗？！尽管我样样工作都成绩突出，可是一有提职机会来临，关于我高月的什么生活作风、绯闻谣言、实名举报就一定会接连出现，甚至就真有人面兽心的主要领导以权压人，要欺辱你，占有你……妹子你说的那件事就发生几年前西坊街道'双过半'后的一天下午，一个我今生都不会忘记的耻辱日子。党政'一把手'找我到他办公室谈话，说是要和我说说提拔我到区机关任副处领导职务的事，我之前也听到一点风声，现在主要领导亲自找我谈，说明此事是真的，当时我心里特高兴！可是到他办公室后，马上察觉不太对劲儿，屋里就他一人，是他的眼神儿不对劲儿，色眯眯像恶狼一样紧盯着我的脸和胸乳看，不错，他喝酒了，但绝对没喝醉，近几年我见过的酒醉男人太多了，醉没醉，真醉还是装醉，我一眼就能看出来。他是假借酒劲挡脸，一下子就挤坐在我身边，不容我反应过来就急凶凶地搂抱我亲我我当时彻底懵了！脑袋像是一下子要爆炸！这可是我心目中极为尊崇的'一把手'大领导哇！他怎么会这样？他一边在我耳边喃喃说着从他到任西坊第一天起就心里喜欢上了我，两年多了想我想得不行了，一边急火火扒我衣服。当时是盛夏的午后，天正热，我穿得单薄，他的手很快伸进我衣服，疼痛使我从懵怔中惊醒，急忙挣脱他的搂抱说：'领导别这样，你喝醉了。'为的是给他个收手的台阶，没想到他更疯狂了，扑上来把我压倒在沙发上，嘴里叨咕着说，只要我顺从他，从今天起做他的'铁子'别说一个小小的副处，就是正处也包在他身上等。我当时真急了，身高力不亏，我还是很有一把力气的，一猛劲就把他掀翻倒在地板上。他绝没想到我的反抗这么猛烈，也是摔疼了，登时翻了脸，骂我不识好歹，给脸不要脸。我完全清醒了，简单整理下衣裙，开门冲出了房门，听见他最后一句话：'有你后悔那一天。'我当时晕晕乎乎都不知道咋回的家，只记得进家门后一头扎在床上哭了一下———心里敬仰的偶像完全坍塌了！我在家'病休'十几天没上班，后来上班了也尽量回避他，他倒像没事儿人似的和从前一样。不久，我就听说我提副处的事泡汤了，但是我至今都不后悔！虽然文化不高，但我知道做一个女人的根本。后来他调走进大楼高升了，我的心才慢慢平复些了，我不能向包括老公和女儿在内的任何人说这件事，更不敢举报他，因为我知道那样做的结果肯定是：高月勾引领导不成，反口诬陷领导干部。最后倒大霉的还是我。你徐妹子人好，对我像对亲姐一样实诚，今天我只把这事告诉你了，妹子，但他是谁？名字我还是不能说，体谅姐吧，毕竟他在上，咱在下，他嘴大，咱与他争不过，人家一口唾沫兴许就能淹死个人……"

事实真相竟然与自己预测臆想的情节完全吻合。徐萍没有为自身的预判准确而产生丝毫欣喜，相反却激发起她内心怒火中烧！组织干部严细求实的职业习惯和对好姐妹遭受欺辱的极度愤慨促动她对此人必须验明正身，但此时又不能用询问去刺激高姐柔弱的内心，她略作思索后起身走出厨房，凭刚才巡视的印象从高月女儿沈丹的小卧室书桌上准确找到了纸和笔，挥笔在纸上写了一个很大的汉字，快步返回厨房餐桌旁，将这张纸上的字展示给高月细看，轻声说了句："高姐，应该是他吧？"

高月先是一怔，随即屈辱的泪水夺眶而出——她郑重地点头认同，双手掩面饮泣……

那张纸上只写有一个大字："国"。

徐萍紧紧拥抱住高月，在她耳畔低声细语："高姐别难过，今后的事，妹子要和你站在一起，咱姐俩共同面对……"她不能向高月说出内心的机密：早在为高月提职向区纪委沟通遭到国章副书记婉拒签名的那个时候起，她就心生疑窦；当组织部长李成向她谈起是一位曾经担任过西坊街道领导的老同志反映高月确有生活作风问题时，她内心惊愕不已；当她在工作中实际接触了高月本人，确认这是一位品行端正心地善良工作敬业的好干部后，下决心要将这位好姐妹的冤情追查清楚。为此她走访了包括退休干部吴凤明在内的多名西坊街道办事处职工。区计生局局长梅姐调阅了区纪委副书记、监察局局长国章的任职履历，核准了他任职西坊街工委书记兼办事处主任的具体时间段，正是高月面临组织考察又被莫名"拿下"的时间段，综合各类元素后产生了前述的预测判断。现在当这一切都真相大白之际，她心里交织着满腔的愤怒和羞耻，羞耻是因为曾经横行霸道以权势欺辱高月的真就是自己区委机关的同志，而且还是担负重要岗位责任的一位领导；愤怒源于该人不仅以恶劣行径玷污了党员干部形象，更令人厌恶的是，他因为个人霸占不成，竟然事后数年仍然滥用职权追踪报复阻断当事人晋职途径，其人品败坏阴暗心理实在令人发指！同样是出于组织纪律和原则要求，徐萍不能将国章在高月晋职程序中做幕后手脚的事情讲给高月，只能以姐妹深情予以宽慰抚爱。

"我没有让他得逞！"高月泪眼中透着刚毅神色，"事后我也后怕了好长时间，他毕竟是党政'一把手'，在我们街道就是一手遮天的土皇帝，但我从没有后悔过！我懂男人，好色是本性，不色有毛病。在西坊基层的清冰雪城管队伍中，差不多清一色男人，干活儿稍有空闲就谈论女人，像大熊、柱子他们，满嘴荤段子黄的都不堪入耳，当我面也从不避讳，我有时气坏了就骂他们一顿，大伙哄堂一笑也就过去了，可我知道他们心里是干净的。有一次街路卫生突击检查，我忙得几夜没休息，大白天毒太阳下晕倒了，天正当午，柏油路面都晒软了，当时街上连个车影都没有，李柱子他们几个轮流背着我往医院跑，正是大夏天我穿得很少，差不多是肉贴肉，可他们都规规矩矩，没一人想过占我便宜，那叫男人！可这个当官的一把手不叫人，是男人也是骨子里都坏透了的男人！想起他当时摸我抓我抠我的那个狠实劲儿一那副贪得无厌的嘴脸，我现在都恶心，心里哆嗦。"

徐萍默然无语。她知道在这类男女情色之事一对一别无旁证的境况下，是非曲直难辨真伪，女人往往是弱者，更何况已经时过境迁若干年，男人又手握重权，想还原真相揭示黑暗几乎是不可能的，更无胜算。她能为高姐做的只能是同情关爱和道义上的支持。她会寻找适当的时机，向包括自己的领导——组织部长李成在内的相关区委领导郑重汇报此事，并谈出个人想法，至于领导能否全信及后果如何，她全都无从预测，她给自己立下一个工作目标：尽个人所能去不懈努力，必须把这个败类从现职领导位子撤下。不然她将有愧于庄严的党徽，也有愧于如高姐一样的女性姐妹。

二十一

冰雪消融，残冬逝去，北方滨城春暖花开，万木复苏。

江畔广场，彩旗飘扬，人声鼎沸。为庆祝荣获国家命名"全国文明城市"光荣称号，滨城市委市政府在这里隆重召开大会，总结经验巩固成果并表彰奖励在历时三年的创城工作中建功立业的先进集体和模范人物。

《滨城日报》首席记者华之友带领几位年轻记者进行大会采访。

他还是惦念着曾经包片区的临江区，在会议正式开始前，老华来到临江区参会座席位置附近，要随机采访他熟悉的心目中的两位临江美女—徐萍和高月。与华记者熟识的临江区委宣传部同行告诉他，徐萍现在已经是区委组织部副部长，正在组织进行区直单位干部调整和协调筹备年底四大班子换届，工作正忙，不能来参加今天会议；说到高月，宣传部同行引领他见到了作为受表彰单位领导来参加大会的西坊街道办事处主任孙逊。

孙逊主任披红戴花，作为今天受表彰的全市创城先进集体的行政一把手，他将在即将召开的大会上作典型经验发言。近一段时间以来，孙逊主任心境复杂，喜恼参半，喜的是经高月带队努力拼搏，西坊街道办事处的城管环卫工作，在全市创城工作多次抽检联评中名列前茅，荣获市政府表彰的殊荣！这无疑使他这个办事处主任个人业绩增光添彩；恼的是美艳情人白桃突然与自己绝情分手，犹如日常享受成瘾的美味佳肴突然断顿，他陷入茫然空寂之中气急败坏。这就是无耻女人的绝情，当男友已经满足不了她无尽的享乐欲望，再无利用价值，即使从前有全力相助之功，万种恩爱之情，她也会翻脸绝情，投向新欢怀抱。他想到这些，就恼恨交织。这骚货肯定是又勾上了"硬实情男"，最近听说她已由南巷街道借调到区监察局机关做内勤工作，正式调入手续正在办理中。

现在面对华记者的采访，孙主任不失领导干部风度，神采飞扬谈起西坊创城经验，如数家珍一谦虚中隐透着个人气场，"作为办事处一把手，我个人主要起个宏观领导作用，具体工作吃苦的其实主要是高月带动这些基层同志们做的……"说着很大度地将坐在身边同样披红戴花的李柱子、大熊推到前面，这两位是作为"社区创城先进个人"被邀参加会议接受表彰的。俩人认识并喜欢这位曾经给高科长拍过照片并登上报纸的华记者，他俩反感刚才孙逊主任的夸夸其谈，现在有了机会，立马向华记者讲起了他们的工作，当然讲得最多的是高月的事迹。

华之友兴奋地边听边记，插空儿问了句："高月人呢？怎没见高大美女本人？"

孙逊主任一怔，这才想起高月，赶紧解释："今早晨高月给我打电话，说家有事不能参加会议，我还奇怪，她这人极少为家事请假的，这次是怎么了？"

李柱以掌加额，猛然醒悟："啊呀！今天是国家公务员公考的日子，高科长姑娘参加今年公考，她一定是陪姑娘去了考场……这个人啥事都大大咧咧不往心里去，唯独对姑娘沈丹，那真是高科长心里的一片天——凡沈丹的事不论大小她都是全力以赴。"

会场广播响起，通知会议马上开始，华记者心存遗憾，握别三人，快步走向摄像机位——

真让李柱说对了！此时的高月正在滨城市第一中学大门前，这里是本年度国家公务员考试的考场，两天笔试今天是第一天，五层教学楼和校园操场内外不时有胸佩"工作人员"标志的人进出，他们是负责今天考务或监考工作的省、市人事厅干部和纪检监察人员。今天这里的氛围给人以静谧、庄严之感。楼内考试已经开始，高月与几位陪送女儿来公考的同学致谢告别后，独自沿着校园外栏散步徘徊，心中浮想联翩——太巧了，四年前也正是在这里——市一中考场，她和老公陪送女儿来参加全国高考；多快呀，眨眼间四年过去了，女儿大学毕业马上要步入社会，真正意义上的长大成人了！本来她是坚决反对女儿报考街道办事处岗位国家公务员的，实在不愿让女儿重复自己的前路，可其中原因又不能向女儿直面深谈，只能说一些街道工作条件艰苦，社会矛盾家庭纠纷琐碎繁杂不适宜女生工作等。女儿却执意报考，弄来一大堆书籍和资料，什么"行政职能分类测试""申论"等等，从此埋头小屋里潜心复习，搞得昏天黑地—女儿大学辅导员老师和学生会同学常来家里，向高月说起沈丹在学校作为学生干部是如何优秀，能说能写，组织能力和社会活动能力一流，又是预备党员，在公务员岗位肯定会大有作为，作为家长阿姨要大力支持云云—高月出于礼貌面上只好允诺，心里却想道：仅凭这些就能干好街道公务员吗？你们想到过一个女孩子步入社会后会遇到的挫折与风险吗？

母亲毕竟是母亲，她处处时时倾注全部心血去爱抚自己的儿女，努力使他们免受哪怕是点滴分毫的委屈和伤痛。高月顺应了女儿的志愿，并如同当年送她去高考一样，陪送她走进了国家公务员考场。

早在两个月前，徐萍与高月那一次姐妹居家深谈之后的一天下午，徐萍走进了组织部长办公室，向她的部长李成汇报了区纪委副书记、监察局局长国章同志的一些情况。李成面容沉静，内心却波澜涌动，高月提职程序阻断正是因为他本人听信了国章的一面之词，后来国章提供的一名证人—西坊退休干部吴凤明始终不露面，他有所觉察其中有假，此事搁置后，每有谁提及西坊高月名字，他都有歉疚之感。现在听了徐萍汇报，他万没想到此事竟有如此背景，深为国章弄权作恶又挟私报复的卑劣行径而愤忿和羞耻，同时也对下属科长徐萍不畏强权的公道品行和做事的细致周密而欣慰和赞赏。多年的组织工作职业生涯历练出他喜怒不形于色的城府内涵。所以当徐萍汇报完了，见部长依然是面沉如水、不愠不火的模样，忍不住激动地站起："李部，我个人愿以一名党的组织干部名义逐级向上反映，揭露事实真相，还高月同志一个清白！对那个不齿的败类坚决予以组织处理！目前至少要将他从现在的重要位置上拿下！"

"做这件事有很大风险，他是市管干部，你又手无证据，上告岂不是引火烧身！"李成话语依旧是不急不恼，却句句实在，深沉有力。

徐萍难掩内心激愤："难道，难道这事就这样放下不管了……"

回答徐萍的是李成部长坚决有力的三个字："我来办！"他站起身，目光里闪动着希冀和期盼，"小徐你还年轻，今后的路还很长，还有更重要的工作等着你去做，我作为组织部长必须对这件事负全部责任，特别是要对高月同志负责。"

两天后是个星期天，正在逛商场准备为儿子购置换季衣服的徐萍手机响起，接起细看竟然是区委书记亲自打来的电话："小徐同志吗，打扰你周日休息了，如方便请到我办公室来一趟好吗？"虽是商量口吻，徐萍却不敢丝毫怠慢，立即出商场打车直奔临江区党政机关大楼，由于是周日，大楼里只有几位保安和值班人员，整座大楼内楼道及过厅一片空荡安静，五楼一隅区委书记办公室里，书记正与两位区领导促膝交谈，一位是区委常委、区纪检委书记赵丰，另一位则是徐萍的顶头领导——区委常委、区委组织部长李成。看来三位领导已经交谈一段时间了，待徐萍落座后，书记请她将高月的事儿从头至尾原原本本述说了一遍。其间，他和赵丰书记几次插话，询问重点细节，徐萍心怀忐忑，很有一点淘气孩子闯大祸的感觉，但也觉欣慰惊喜：主要领导能选择这样一个时间和地点专议此事，说明自己反映的情况和问题已经引起领导的高度重视！末了，区委书记微笑摇头，不无诙谐地说："领导干部作风问题，是我们党执政以后干部管理方面经常出现的新问题，说起来啼笑皆非，在民间却影响很坏，像这位依仗权势强占不成竟又泄私愤利用职权跟踪报复的，如若属实真就是社会人渣，党内败类！决不可轻恕。"他站起身踱步沉思，"现在我们只是听情况反映，手中并无现实证据。怎么办？我个人赞同小徐意见，先考虑从这个重要岗位把他调下来，当然要按程序步骤来，赵丰书记可以先向市纪检委主要领导同志吹吹风，下点毛毛雨，这件事小徐同志不要介入了，你的任务是协助李成部长抓好组织部的工作。"

几天后，李成部长主持召开了组织部全体人员参加的干部考察会议，对部内两名科长即干部科长申达和干部监督科长徐萍进行拟提职组织考核，考核结果经区委常委会讨论通过并报市委组织部审核同意，七天公示后，徐萍被提任为临江区委组织部副部长。同时，申达被提任为临江区人事局副局长。

这结果使部里多数同志和徐萍本人都颇感意外。原来自年初副部长老丁因年龄关系改任区老干部局长后，副部长职位一直空缺，部里具备提任该职基本条件的正职科长只有申达和徐萍，而干部科长申达在任职资历和工作经历方面都高于徐萍，因此被普遍看好是接替丁副部长职位的第一人选，申达本人和徐萍都认同此理。当然平日里申达的处世圆滑与徐萍的率真坦诚已形成鲜明对比，同志们也是有目共睹。所以大家对这个结果很快就从内心愉悦地接受了，同时感佩领导的公道与识人的眼力。

徐萍感受到了同志们温暖的目光，特别是来自领导的器重与信任。此前她从区委书记和李成部长与自己不同寻常的谈话中已有所觉察，现在组织上将申达提职外任无疑也是为自己在部内履新任职创造了良好条件。她决心不辜负领导及同志们期望，尽自己最大努力，把副部长这个工作干好。

就任区委组织部副部长不久，徐萍碰上了一件蹊跷事。一份街道干部调入区纪检委监察局办公室任职正科级文秘的呈报表按调转工作程序摆在了她的案头。通常情况下，行政科级及以下干部本区内岗位调转交流归属区政府人事局审批，只有调动岗位涉及党群系统部门时须经区委组织部审核批准，这次该人申报调入单位区监察局是区纪检委合署办公的党口部门，所以按权限经由组织部副部长徐萍把关审核。徐萍立即安排干部监督科同志启动政审工作程序，了解掌握拟调入人员—南巷街道机关内勤干部白桃同志本人及社会关系基本情况。干部监督科的干部都是徐萍带出来的精兵强将，工作上素以"严、细、实"闻名。于是两条关于拟调人员白桃的异常信息很快反馈给徐副部长。一是该同志丈夫（虽提出离婚，但未获军方批准，现仍为婚姻存续期）系现役军队干部，涉嫌贪腐犯罪，正在接受军事检察机关立案检查，夫妇两人共有财产（如房产等）已被查封冻结，白桃同志具体是否涉案目前尚无定论；二是虽然调转手续没有最后批准，但白桃同志经有关领导批准，已经提前到区纪检委监察局办公室正式上岗工作。徐萍震惊了！如此涉嫌负案罪犯的家属，在本人是否有问题尚不清楚的现状下竟然可以调入党的纪检监察这样的重要机关工作，而且是接触机要的文秘岗位？！相关部门还有没有一点政治敏感？

她仔细审视呈报表，发现审核一栏中区人事局已签发"同意调入"，签字人正是刚任职不足月余的副局长申达，徐萍心火燃烧，抓起桌上电话打给申达，直接询问他可曾了解调转人白桃的若干情况，申达电话里的声音漫不经心，透着明显的懒散心绪："她的情况，我让下边的调转科审档核实过了，本人是部队转业军官，中共党员，现职正科级职务，街道机关国家公务员身份，几项硬件都符合调入条件，监察局办公室老文秘年初刚退休，编制和科级职数都空缺，纪委他们又急等用人，国章副书记多次催办这事，说上边领导都同意了的，顺理成章的正常调入而已。"放下电话，徐萍心中恼火！这就是申达，一个半辈子都专看领导眼色行事的干部！她知道申达因为没当上副部长心中不爽，把不满情绪带入工作中的可能性存在，但总不至于在调离组织部这样短的时间内，就把组织干部多年形成的行事严密谨慎的作风和政治原则都丧失殆尽吧。不对，一定是有人在幕后支使他，而这个人很可能就是……想到国章的人品德行，她为申达感到一丝担忧，而有关国章的情况，目前她是分毫都不能向申达吐露的。

区委组织部副部长徐萍抽出钢笔，在白桃调转呈报表中印有"组织部门审核意见"一栏中，郑重签署了如下意见"经调查，该同志不适宜调入区纪检监察机关工作，拟请区人事局将该同志退回原单位"，字体如徐萍本人，隽秀而流畅，文静中又露棱角。

二十二

滨城市"2·6"特大火灾追捕重大纵火嫌犯刘玉功的工作始终没有停歇，从通缉令发出那一刻起，滨城市所有公路、铁路、机场都在第一时间设卡堵截，各条出城道口更是四门落锁，长途客运车站、火车站、码头、机场全面监控，没有发现该人离开滨城的数据记录，对嫌疑人的亲属及所有社会关系也进行了逐个排查，亦没发现可疑迹象。专案追捕组组长—市公安局刑侦支队重案大队大队长雷明召集属下刑侦干警研判分析，认为嫌犯刘玉功应该是没来得及潜逃外地，极有可能仍藏身于本市某一不为人知的地方，下步追捕工作重点是进一步发动市民群众参与追查举报，打一场"大海捞针"式的人民战争。

很快，一条重要线索反馈到追捕组，报料人是原"2·6"火灾发生楼院的一位老住户居民。他今天去西郊滨西镇亲属家做客，临近傍晚返回城区的公路上，酒足饭饱的他坐在联运公交车临窗座位，感觉头有些眩晕，拉开车窗透透气的工夫，偶然望见车窗外公路边有个中年男人在修理一辆"皮卡"货客两用车，他立刻觉得这个侧面相对的修车人非常面熟，可酒后的他一时竟想不起这个人是谁了，公交车一掠而过，他只依稀记得"皮卡"车是停在一家农家乐饭店门前。他很快忘了这件事，回到家倒头就睡了，再醒来时已是两个小时之后，电视里正播报本市晚间新闻，市公安局一则追捕"2·6"火灾纵火嫌疑人犯，动员广大市民积极参与破案提供线索的信息，使正在洗脸的他身心一震！猛然忆起乘坐联运公交车返回市区路上，自己看见的那个路边修车人不正是被公安通缉的刘玉功吗？！此刻他酒意全消，头脑立时清醒了，越想越自信，绝不会看错！这个刘玉功曾经是火灾楼院时和自家隔墙而居多年的近邻。他将自己今天这事讲给妻子和儿子，全家人一致意见是马上向公安局举报提供这一线索，对这个给全楼院造成灭顶之灾，十恶不赦的坏蛋决不能有丝毫姑息！于是，儿子陪着他走出家门，顶着夜色奔向最近的公安派出所。

情况火急！报送给专案追捕组的时间已经是夜间9点半左右，距离举报人发现刘玉功时间相隔了将近5小时之多！但专案组对此情况极为重视，因为这毕竟是一段时间以来他们所获知的一条最直接最靠谱的线索！组长雷明召集全组刑警简要研判线索分析情况后，立即行动，马上向西郊滨西镇派出所紧急通报情况，要求派出所在不能打草惊蛇的前提下，马上摸清联运公交车所经过的公路边农家乐饭店和皮卡客货两用车以及修车（驾驶员）情况。同时追捕小组全员出动，登车驰向线索发生现场——西郊滨西镇。

滨西镇距离市中心数十公里，最快车程也需四十分钟，警车在夜色中疾驰。雷明接到滨西镇派出所值班所长王文电话："联运公交车沿途共有七家饭店，其中一家农家乐夕照屯饭庄，拥有一辆皮卡客货两用车，平日开车的是饭店老板张贵的弟弟张权，前段张权因车祸受伤住院，老板张贵雇用了一个叫柳功的人，开车修车技术都是一流，该人自称家在邻县，老板给他高薪还管吃住。"这个情况是王文所长刚从一个家住滨西镇里在该饭庄当二厨的刘师傅嘴里掏出来的，因今晚停电下班早，刘师傅正在家休息，被王所长请到所里有了一番谈话。末了，王所长告诫老刘："今晚不得与饭庄有任何联系泄露派出所调查的事。"雷大队心中暗喜，看来今夜有戏！可是"今晚停电"一句又让他有些意外和不安，电话中急问王文，王所回称："公路沿线电网升级，从晚8点起临时停电3小时。"雷大队无语，心里思忖：停电无疑给抓捕工作特别是现场辨定嫌疑人带来难度，原本就不熟悉现场环境，现因停电又缺失监控视频，一切都要在黑暗中进行，他预想着将要出现的各种可能情况和应急措施。

半个小时之后，警车依照滨西派出所同志电话引导，终于在"夕照屯饭庄"附近一条偏僻土路边悄然停下，雷大队长一干刑警与候在这里的王所长及派出所同志会合，王所长向雷大队交上一张他刚绘成的夕照屯饭庄内部构成草图，两人将图平摊在警车前盖上，借手电筒光亮研判。这是一家中型饭庄，属前堂后院布局，前堂含餐厅，灶房和两个单间雅座及保安值班室；后面与前堂建筑相隔十多米是一排平房，紧贴房山两侧由农家篱笆矮墙围成一处长方形院落，篱笆墙外周边就是广阔田野。这也正是雷大队担忧所在，他急问王所长："这后院可有后门？"

"后门没有，可院子挺大。"王所长将刚才从刘厨师嘴里了解到的情况加上自己的判断见解，低声向雷大队汇报，"那排平房共有五间，都是里外套房，西侧头一间是饭庄库房兼简易宿舍，因员工多是本地人，家住镇里，所以所谓宿舍平日基本无人住宿，另外四间套房外表看是普通农舍，内里却装修豪华，各种享乐设施完备。一间是老板张贵专用，他家也在镇里，本人却常住饭庄，经常有关系暧昧的女服务员与他伴宿陪睡；另三间是对外客房，住宿收费昂贵，有些市里客人图这里地处城郊，虽偏远却幽静，加上前堂农家饭菜颇有名气，常来这里消费，当然这些来客都是非富即贵之人，来这里山吃海喝，另有寻欢作乐。富者不惧价高只图享乐；贵者有权有渠道公款报销费用，远离熟人耳目，安全享乐其中……今晚就有两拨客人入住。一拨是一对男女，傍晚光临，男的体貌富态又透着几分威严，女人漂亮惹眼颜值颇高。两人在单间雅座关门用餐，享受了满满一桌子农家饭菜中的精品佳肴；饭后起身悄然入住后院套房。另一拨是五位"土豪"级人物，在餐厅一通山吃海喝后，入住后院套房开始麻将大战，晚9点停电，这伙人骂骂咧咧闹到前堂，与老板张贵理论差一点大打出手，最后弄一箱蜡烛回房，点烛再战方城。问题关键是搞不清我们的嫌疑人住在哪间房，按常理他应该住在员工宿舍，但据刘厨师讲，这个人能说会道，不但修车开车技术过硬，而且对饭庄所有电器设备都能调修，还懂企业管理，老板张贵很高看这个人，晚上经常把他叫到自己住屋喝酒聊天，所以安排他住在套房也有可能——今夜没电，调不出监控视频，就无法确定他具体位置。"

雷明以拳击掌，果断决策："那就全拿下，挨个审。不就五间房吗，咱来个堵住笼门抓鸡，让他一个都跑不了。事不宜迟，现在就行动！"

雷大队长带领刑警们迅疾包围了夕照屯饭庄。这座偌大的乡村建筑物在黑沉沉的夜幕中显得格外阴森恐怖。前堂门口，王所长率先上前轻敲玻璃门扇，须臾，门里出现了打着手电睡眼惺忪的值宿更夫，他身后跟着一个光膀赤膊的壮汉，斜披着一件仿制警服，显然是名保安。更夫是镇里人，认识王所长，满脸惊疑中挤出几丝卑贱的笑容："是王所长？！嘿一这么晚了您辛苦一"手上忙不迭地赶紧拉开门锁，王所轻声说了句"治安夜查，例行公事"，意在稳住对方，不惊动后院，说着迈进门槛。身后雷大队及刑警们快步跟进，那保安眼见一下子进来这么多警察，而且除王所长外，全是陌生面孔，不由惊怔，嘴里冒了句"我得给张总通报一声"。摸出手机正要按键，说时迟，那时快，雷大队身后一位刑警箭步冲上，一个漂亮的反肘掰腕立马"卸"下了他的手机，动作快如闪电，那保安疼得原地转圈甩手，哇哇惨叫。

雷明索性亮明身份："市公安局重案大队抓捕罪犯，请你配合！"低声喝令更夫打开了通向后院的铁栅门，众警察蜂拥而入，三五人为一组，五组人分别扑向五间房门，接下来的敲门声，女人尖叫声混杂着男人惊慌的怒骂声乱成一片……

战果很快显现：从西侧头间房——员工宿舍中被刑警扭双臂带出一人，雷大队电筒强光扫射下，这个中年男子面容惨白，头发凌乱，五官模样与通缉令照片大致雷同。雷明心中有了底气，喝令一声："铐上！"第二间套房里被带出的是饭庄老板张贵和陪他睡觉的餐厅前台领班小姐。第三间套房带出的是那五位正在点烛鏖战的方城战士，四位牌手，一位傍家。第四间套房空置无人。第五间套房带出的是那一对苟且男女。

夜黑如墨，伸手不见五指。为保险稳妥，雷明不敢大意，他与王所长低声商议几句后，果断下令："全体人员上车，带到滨西派出所审查处理，由王所长驾头车带路，出发！"他特意命两位刑警将那个从头间房带出已经上铐的中年男人夹坐在自己坐车的后排，从严看管。

数辆警车大灯雪亮刺破漆黑的夜幕，引擎轰鸣向镇中心疾驰——

派出所位于滨西镇中心，这里远离停电区域，一栋独立带院落的三层小楼里，时值午夜，每个办公室房间都灯光明亮，追捕组长雷明和他的战友们精神振奋，正在这里审讯甄别"2·6"特大火灾重点纵火嫌疑人——

那个从头间房即员工宿舍中捕获的中年男人正是负案潜逃的刘玉功。此刻他瘫坐在派出所询问室铁制座椅中，双手被冰凉的手铐铐牢在铁椅扶手上，面对着警容威严目光锐利的重案大队长雷明，他心理防线已经崩溃，本质上他是一个理性思维的聪明人，知道在目前境况下自己的任何伪装狡辩或抵抗都已经毫无意义，不如干脆来了个竹筒倒豆子直言不讳，不仅坦白承认了个人身份并开始如实交代自己作案的细节……

雷大队长点燃一支香烟深吸一口，细细品味着烟草中那悠长绵延的辣香。连日来夜以继日有时甚至通宵达旦地研判案情、分析线索、策划追捕，多数时间是在烟雾熏燎中熬过的。没人说得清他和他的兄弟们这些日子抽了多少香烟，他却知道那些烟的味道是一次又一次的辛辣浊苦，燎灼心肺。唯有现在刚点燃的这支烟使他品味出前所未有的醇香烟味。冷峻的目光扫过面前这个自己追踪多日的罪犯，一丝不易为人察觉的笑意浮上嘴角，嫌犯已被追捕到案并验明正身，雷明长舒一口气，整个身心如释重负顿感轻松。

接下来被审讯的是夕照屯饭庄老板张贵，他因涉嫌窝藏罪将被专案组重点调查，连同刘玉功一起押送到市公安局进一步关押审查；那位陪他睡觉的饭庄领班小姐经初审与刘玉功及本案没有任何关联，男女关系问题不在刑警办案范畴之内，询问笔录本人签字备存后，待天亮后放人（主要出于单身女夜行安全考虑，让她暂时滞留派出所，体现人性化执法）

第三拨是那五位点烛打牌的"土豪"，经分头讯问得知，他们是二十多年老同学关系，经常聚餐喝酒，喜好打麻将，今夜也是如此，打牌动真格的，输赢在几百上千元左右，警察现场查获赌资数千元。此情况与相关法条比照，似在可管可不管之间。雷明与王所长商议说，老同学相聚玩乐而已，我意见构不上赌博，批评教育后可以放人，但王所长不同意，坚持按"治安条例"没收赌资，课以罚款。雷明笑了，心照不宣。他也是基层派出所副所长出身，深知此中内幕，派出所有权处罚款并没收赌资，款项金额上缴财政后，派出所依规可按比例提成，缓解基层办案经费不足之难。事发滨西镇派出所辖区管片之内，雷明理解体谅基层工作苦衷，也就不再坚持己见，将五位"土豪"放手交由派出所处置。王所长笑言："感谢领导支持，雷大队今夜办案顺利，抓获重犯，心情好就想做善事放人，我理解。我当安排为大队长和诸位刑警兄弟们宴饮庆祝一把！"雷明正色道："若没有你王所长和派出所同志鼎力相助，哪会有今夜的行动成功，但要摆酒庆祝还为时尚早，容我忙过这段以后，由我做东，和弟兄们举杯同庆！"

当夜审查工作进展顺利，只是在讯问那一对苟且男女时发生了点意外，警察对这两人一望而知，是一对城里有点身份的"婚外情人"，今夜是蓄意避开家人来这近郊偏僻之地"幽会"寻欢的。当今中国社会开放程度之高已经不亚于西方欧美发达国家，对这类双方自愿苟合的男女私情模事，国家《刑法》中不列为犯罪，民事治安条例中也无惩罚条款，执法警察特别是刑事警察对此基本上是不屑一顾，甚至有些警界人士对此态度是只要不涉及刑案，避之唯恐不及。所以在审定明确此二人与刘玉功案毫无关联后，雷明和王所长对这两人的处置意见一致：即登记备存后立即放人，甚至连最基本的"批评教育"一项都省略了。原因是"正事忙不过来，没工夫扯这破事"。当然这其中也有干警们"大案刚破，重犯抓获，心情特好，乐于扬善"的情感因素在起作用。令大家始料不及的是，这对情人对自身情况闭口不谈，拒不配合警察最基本的登记身份信息工作，其中那男人竟一再提出，"我与你们市公安局纪委领导是朋友，让他来和我对话，我的事你们管不了也管不好。云云。一番话惹恼了众警察！王所长当即电话调来在家休息的户籍女警，将一对男女分室隔离审查，重点突击讯问女人。

天将破晓，远处天空出现鱼肚白时，那女人终于顶不住女警官凌厉尖锐的训斥，在被告之如坚持不讲清楚身份信息，只好对你按卖淫女处置后，女人虽不情愿但别无选择只好如实说出了自己和情人的个人身份基本情况。

令干警们颇感意外的是：那男人是位有相当职级的官员，临江区纪委副书记兼监察局局长国章，女人则是临江区某街道办事处的正科级干部白桃。

尾 声

连日的雾霾天气，昏天黑地，滨城市陷入灰蒙蒙雾漫漫的混沌世界。

一场疾风暴雨过后，整个城市被冲洗得干净透亮，天空湛蓝，万里无云，明媚阳光下的人们感受到久违的空气清新，呼吸顺畅。

组织部副部长徐萍的心境像这晴好的天气一样明朗阳光！她连日来为筹备年底的区级领导班子换届工作忙得不亦乐乎，而区直处级干部调整又迫在眉睫，必须在本月底前拟定出调整方案经部长办公会议研究并通过，接下来马上进入干部调整的组织工作程序，从组织推荐，拟定人选到计划实施考核，向区委常委会汇报，与市委组织部沟通备案，等等一系列工作环节严密有序，必须紧锣密鼓高效推进，在严求工作质量前提下，还要确保工作进度，否则稍有延后，就会进入换届前"倒计时"的"干部冻结期"。临近区（县）地方领导班子换届的正式启动，下个时间段是严禁干部调整流动的，目的是防止和杜绝区县领导在换届前突击提拔干部等腐败现象发生。徐萍深感肩负责任的重大，高质量完成干部调整任务，当务之急是要抓紧时间效应。她这人的特点是工作越是忙累，思维越活跃，兴奋点越高。一段时间以来，经她带领部里相关科室同志勤奋不懈的努力，前期工作已经落实到位并初见成效。

　　令徐萍心情愉悦的原因之一是区纪委副书记国章和街道女干部白桃开房的丑闻经公安机关报新闻媒体曝光后，市委、区委领导机关很快对国章做出"就地免职，听候组织进一步调查处理"的处分。徐萍心中一个多日纠结的雾霾阴影得以彻底化解，联想到类似高月提职与纪委沟通被黑的事情今后不会再有发生，有益于自己分管的干部工作从此阳光顺畅，她真有"拨云见日"之感，同时为高姐感到解气，这国章真算是自我暴露，恶有恶报！

　　想到高月，徐萍继而想起，自己这一段工作太忙，已经有两个多月时间没有和高姐联系了，心里真是有一肚子话要和她唠唠，说起来这也是她心情特好的原因之一。在前阶段为干部调整做准备而开展的摸底调查中，区城管局领导班子向她反映，滨城市荣获"全国文明城市"光荣称号后，根据全市统一要求，各区创城工作要巩固成果，全面实施常态化，其中环境卫生特别是冬季清运冰雪工作要配备专职副局长强化管理，原来兼管此项工作的副局长老严已升任该局党委书记，他代表城管局党政班子向区委组织部郑重推荐，希望组织部提任西坊街道行政科长高月为区城管局副局长，推荐理由是：该同志精通此项工作业务，勤奋务实，责任心强，具备任职这个岗位的领导素质和业务能力。徐萍心里高兴，马上将此列为行政部门推荐意见纳入拟调整人员名单。

时隔不久，区民政局局长何为东来到组织部，与徐萍谈民政局领导班子建设情况。徐萍与这位老同志原本不熟悉，在"2·6"特大火灾善后三组共同工作那些难忘的日日夜夜中，她感受到这位老干部对工作强烈的责任意识和善谋略有担当的领导能力，特别是老何有善于识人乐于提携后人的战略目光。这令徐萍感触颇深，多年的组织工作经历，使她接触过许多年过半百，临近退居二线的老干部，他们中多数人精神上已显暮气，行动上开始为个人退路谋划，工作上得过且过。像老何这样精力充沛，工作专注，不计私利的老同志可谓凤毛麟角。从事干部工作的职业敏感驱动她开始关注老何，审阅干部档案发现，何为东任职正处级领导岗位已经十二年，任职过一把手的区人防办，区劳动局和现在的区民政局，工作绩效在全市同系统多年度考评中均名列前茅，他本人也连年被评为处级优秀公务员，只是因为他不愿意宣传包装美饰，这些部门和他个人的工作业绩多年来沉寂平淡，默默无闻。老何的任职资格工作经历丝毫不逊于曾经声名显赫的国章副书记，组织干部的职业操守和公道良知促发徐萍要为老何寻求一个应有的公道，恰巧正赶上国章丑闻曝光，自行翻船，他的区（局）级后备干部资格自然而然被市委拿下了。然而区级领导班子换届改选工作在即，按全市换届工作总体预案，临江区将有一职区政协副主席职务空缺，市委不调不派，由临江区自选产生，这也就是原定国章升迁的位置。换届筹备工作中的人事更迭及选举等重大事宜正是由组织部副部长徐萍主抓的分内工作，她没有丝毫怠慢，立即将自己的想法形成文字推荐材料，先后向李成部长和区委书记汇报，很快得到两位领导的认可和支持。区委常委会讨论通过并上报市委组织部批复，区民政局长何为东同志已被组织正式推荐并内定为临江区下届政协主席候选人。

当然这一切都是按组织程序在区委和市区两级组织部门内部运行操作的。老何本人目前对自己的人生变迁尚不知情。按相关规定，区直部门处级领导干部58周岁前要改任非领导职务，即处级调研员，退居二线，俗称"退长还员"而若升任区（局）级职务则不受此限，属市委直管干部可以任职工作至正式退休年龄。对个人仕途即将发生变迁毫不知情的老何目前正在考虑自己就要改任调研员，退出局长职务了，而民政局的一摊子事又委实让他放心不下，所以要到组织部找徐萍聊聊。老何这同志从前是很少登组织部门槛的，可自从在"2·6"火灾善后工作中结识了徐萍，觉得小徐这同志待人真诚，处理问题有独立见解，又平易近人，所以老何心里有事很愿与她商讨，于是组织部徐萍办公室就成了他经常光顾之地。

谈及民政局领导班子建设，老何向徐萍旧话重提："我们民政局领导班子还缺一职分管民事优抚的副局长，小徐还记得咱们在'2·6'火灾善后三组工作时，我向你提过的，建言组织部提任高月为区民政局副局长的事吗，我看准了这是个有责任心，用心做事的好干部，当今干部队伍里这样的人才已经不多了，大家都习惯于混事儿，工作推着干。现在我以个人名义并代表民政局领导班子向你和区委组织部正式推荐高月，请你们尽快考虑早定下来，小徐部长也算是帮我个人一个忙，因为只有局里班子配齐配强了，我退到二线岗位心里也就安定了，咱得给接我班的新局长留个好班底嘛。"

临近退岗心里依然牵挂着工作，想的是怎样做有利于后任局长的工作。望着鬓发斑白的老何，徐萍心中感动，很想把他将晋升副区的事告诉他，但碍于组织纪律，此事目前还不能告之本人，要告之也得由区委书记或组织部长找其谈话时讲出来，而不能由自己先讲出来，这是组织工作规矩。现在，她只能玩笑般说了句："退什么二线呀？您的日子还长着呢。"看见老何一脸疑惑，急忙岔开话头，"配备副局长的事，您放心，部里一定尽快办好，这不是个人帮忙，而是我分内的工作。"

送走老何，徐萍兴奋地在办公室里来回踱步，真为高姐高兴！一个干部同时被两家区属行政大局看好并以主要领导个人名义和单位党政领导班子形式进行组织推荐，这在徐萍的组织工作经历中绝无仅有，正应了那句老话——是金子总会发光。她相信这两个局的副局长高月都能胜任，但是哪个局更适合高姐呢？换句话说，民政、城管，高姐更愿意选择哪个局呢？徐萍决定给高月打个电话，当然不能告诉她全部实情（这也是组织工作规矩）但是要探探她的口气，衡量比较最后定准去向，这后面的事当然要由自己替高姐操作运行。

电话拨通后，好一会儿高月才接听："小徐呀，我好想你，怕你忙，一直没好联系你，我现在正忙，在给孩子们炒菜，过一会儿给你打过去……"

正忙？给孩子们炒菜？这话让徐萍如丈二的金刚摸不着头脑，她放下话筒，瞥一眼墙上石英钟：上午 11 点 15 分。临近午休，可也是工作时间，她回想起那天到高姐家做客的情形，高月精湛的厨艺水平和那令人垂涎的四菜一汤美味佳肴，回想一次都是享受。她判断高姐此时没在单位上班，一定是家里来了客人，她正在厨房忙碌……

一刻钟之后，电话铃声响起，徐萍抓过话筒接听，正是高月打来的，两人在电话里争抢着说话，亲热得不行。可是渐渐地，徐萍的话语越来越少，最后变成了一个无语的倾听者，刚才还兴奋的火热激情开始悄然减退，电话里高姐幽哀的讲述，使徐萍原本喜形于色的面容慢慢凝结起一层忧苦的冰霜——

在徐萍因工作忙碌与高月暂无联系的这段时间里，高月的生活发生了逆转性变化。

最先发生的是弟弟高丰的刑事案件有了结果，公安机关侦查终结，定案为"故意伤害罪"移交检察院提起公诉，法院刑庭经不公开审判，最后以"故意伤害罪主犯"判处高丰有期徒刑十二年。高丰投监服刑不久，弟媳就坚决与他办理了离婚。高月父亲苦心经营一生的财产被高丰接手后，经不起他终年呼朋唤友吃喝玩乐的挥霍折腾，至他这次因酒后持刀伤人致死案被逮捕之前，家财已渐败落。现在弟媳离婚又分走一半家产，加上刑案判决附加的民事经济赔偿给被害人家属的一笔巨款（此也是高丰没被判死缓的前提条件），高家所谓家产目前只剩下高丰一处房产，基本是一具"空壳"了。令高月揪心的是待弟弟刑满释放时，已近垂暮之年，身无所长又无积蓄，到那时他依靠什么生活？

俗话说福无双至，祸不单行。正值春暖花开的季节，高月父母从海南三亚返回滨城，父亲惊闻儿子被判重刑后，心脑血管病突发住进了医院，虽经抢救及时保住了性命，但终因年迈体衰从此卧床不起，母亲同样年老多病，护理照料父亲的担子自然落在高月姐妹肩头，而姐姐高云做生意常年跑外，高月实际上是独承重担里外操劳，实在不得已，高月只好向单位请一段时间的事假，得以全身心服侍老人。

办事处主任孙逊对她家发生的变故表示同情，在批准高月休事假的时候却面露难色："高月你是知道的，眼下咱街道工作正忙，正在搞创城工作常态化，咱西坊这项工作全区第一的牌子可得保住哇，当然这也是你创下的荣誉，休息几天照顾下老人是可以的，但不宜时间过长，有困难可以找组织，但个人总也要克服一下吧。"高月心底涌过一片悲哀，这些年她很少为个人事请过假，为了忙工作，甚至连续几年没休过公务员干部假，她想不明白，难道西坊的创城城管工作是自己个人承包的吗？作为行政科长，自己不计分内分外，因为工作干好了就应该永远绑在这架战车上永无休止，永往直前吗？她忽然对谷金花等女同事们每天舒适轻闲的工作心生许多羡慕向往，同为女人，都是党员科长，拿同样的工资，为什么自己每天累死累活忙得脚打后脑勺时间还不够用，而她们却能够风不吹雨不淋闲坐办公室，工作时间甚至可以去逛商场甚至打理美容……其实，孙逊主任对待她请假的冷漠态度，她早有预感。近段时间以来，在西坊办事处机关，高月感觉出一些同事看自己的眼神儿目光都怪怪的，几个平日关系好的姐妹对她也有了一种敬而远之的疏离，存在着一种莫名其妙的隔阂。高月猜想这一切的始作俑者一定是谷金花，事情起源就是"2·6"火灾善后处理小组工作中由自己顶替了谷金花，而自己在这个工作过程中又因表现出色多次受到区里领导表扬，这就埋下了怨恨的种子，街道机关时而就传播出这样的段子：高月想当处长都不顾一切了，为了能当上处长她都不惜让一个老疯婆子啃咬自己……阴风裹挟着暗箭无情地戳刺着高月的心窝，机关职场的隐形厮斗使她这个从不知疲倦的铁娘子体会到什么是身心疲惫，特别是心痛的累！不错，她是一个有进取心的女干部，但是同在职场奋斗，大家不都是如此吗！为什么偏偏是我总要承受这些颠倒黑白的污言秽语呢？这个所谓的"处长"连同自己现任的"科官"当不当都有什么实际意义呢？联想起年迈多病需要自己长期照护的父母和家庭，她感到一种前所未有的绝望和悲怆……

接踵而至的是女儿沈丹报考公务员落榜。高月曾担心一向优秀被老师同学拥戴宠爱的女儿会经受不住"落榜"这个沉重打击，会哭闹会沮丧从此一蹶不振，但让她没想到的是女儿得知自己笔试成绩没有达到录取线的信息后，只是把自己关在小屋里封闭了一昼夜，次日走出屋门时红肿的大眼睛中依然闪动出青春的光彩。沈丹告诉妈妈，条条大道通长安，国考失败了，不等于她的人生之路失败了，她要走自主创业之路。从女儿坚定自信的眼神里，高月看见了当年自己身处困境时的那份刚强！女儿成熟了！这使她有一种说不出的愉悦，假设女儿就是考上了公务员，她也不会有这种发自心底的感动和欣慰——因为她看见，孩子长大了！

在大学辅导员老师和几位已经毕业在社会上自主创业并站稳脚跟的学长学姐的全力支持和悉心指导下，沈丹的创业计划很快付诸实施：她带领五位毕业生同学组成创业小团队，利用舅舅高丰闲置的门市房产，开办了一家图片打印社，享受大学生创业免税和小额贷款优惠政策，购进电脑、编辑机打印机、复印机、剪切机、装订机等系列设备。开展的第一笔业务，是承办她们刚毕业的大学母校一批辅助教材的彩印装订，这里凝结着母校领导和师长对自己学子创业的殷切关爱。沈丹和她的五位同学在小小的"丹心打印图片社"里各司其职，在大学生创业的起跑线上干得风风火火。

高月父母家住房就在沈丹的"丹心打印图片社"的后院，两处房产原本都是高月父亲当年搞民营企业发展创业时购置的，呈前店后家格局。现在高月每天在护理病中父母的间隙都要到女儿的图片社坐上一会儿，看着这些年轻孩子朝气蓬勃地忙碌工作，她心里涌动着一种做母亲的自豪和慈爱。很快，她发现了一个重大问题——午饭。原来包括女儿沈丹在内六个年轻人的午饭订在了附近一家小饭店，每天午间由该饭店给她们每人送来一份价位15元的盒饭外卖。高月深感不妥，一是孩子们创业初始收入微薄，15元饭费虽不算高却也占去每天收入相当一部分，应该能省就省；二是她不放心小饭店的食品安全，这可是关乎孩子们身体健康的大事。高月萌生了由自己亲手为六个年轻人做午餐的想法，兼顾为父母做午饭两全其美。与女儿及同学们商议后立即付诸行动，每天午餐四菜一汤，菜品隔天调样不重复，丰盛管饱。试行三天后，孩子们吃得赞不绝口，笑称这是"妈妈午餐"，饭醇香菜可口，从此午饭是享受。高月心里高兴！细算一下，每餐支出费用成本不足原来买盒饭的三分之一。她眼前豁然一亮：如果长此下去，既支持了女儿她们创业就业，又兼顾了长期照顾护理父母，同时又为弟弟高丰将来回归社会生活积累了（房租）资金，三全其美何乐而不为呢！而最重要的是能够摆脱自己单位——街道机关公务员职场那种暗箭中伤污言诽谤的累心之痛！

徐萍与高月的通话足足进行了一个小时，随着话题内容不断深入，徐萍内心越来越感到沉重和不安，她已从高姐的讲述中敏感觉察到她对个人仕途发展的异动心绪。果然，话筒中高月的一段话印证了她的预感："徐妹，我听说国家公务员工龄满 30 年可以办理提前退休，待遇不变，你替姐问问人事局，有这样文件规定吗？"组织部副部长的心一下子抽紧了！临江区各项事业发展迫切需要像高月这样责任意识强有担当能干事的干部，高姐怎么能……

"高姐，你正年富力强，不该有这种想法。"徐萍再也顾不上什么保密原则，为了打消高姐早退的想法，她将城管局，特别是民政局推荐的情况和她本人及组织部的打算推心置腹讲给了高月……

话筒里静默无声，许久才传来高月压抑不住的饮泣悲声："好妹子，姐累了——主要是心太累了——我好想歇一歇……"

高月向徐萍详细讲述起家里的困境和单位里的传言风雨，如泣如诉向这位她感念又敬重的好妹子坦诚倾吐自己的委屈和心灵上滴血般的伤痛。

徐萍擎举话筒的手在颤抖，泪水无声沿着她秀丽的脸庞流淌……

人世间，有这样一类女人，她们品貌端正，心地善良，在生活和事业打拼的进程中却要承载超越常人很多的压力和付出；因为貌美，她们经常无端遭受有些人中伤的污水；因为善良，她们经常失败于自己内心的柔软。她们极少成功，纵然成功也会被骂名追踪；她们不畏惧任何超越自己体能的繁重和艰苦，却抵抗不了来自社会阴暗角落的心灵伤痛。

徐萍想起了一首记不清是哪朝哪代哪位诗人的名句：

天生丽质终自弃，
长恨一曲古今同。

2016 年 4 月 16 日 22 时
完稿于哈尔滨市　东升江畔